諾諾和海蒂分別是五歲和七歲的孩子，對世界的摸索已然開始。五歲的孩童擁有五十歲的野心，七十歲的阿嬤卻擁有七歲的天真。

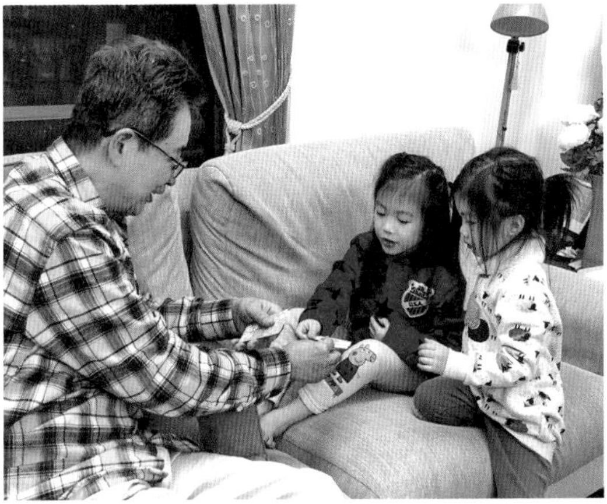

快樂的時候，孫女驀然竄出的一句：「真希望阿嬤也在。」告訴我們，和孩子同歡樂或共承擔的分享，將帶來何等強大的靠近力道。一句話勝過千言萬語，人生原來只是這樣，你陪我，我陪你，只要都「也在」就好了。

手足各有不同性情，妹妹諾諾看似凡事模仿姊姊海蒂，也不時和姊姊角勝爭雄；但妹妹的口頭禪卻是「我最愛姊姊」，愛的排行榜上，姊姊常高踞前三名。熱情洋溢的妹妹以其獨特的開朗牽動著婉約靦腆的姊姊趨向活潑開放。姊妹相互影響，希望她們將來既相親也相愛。

表情達意的訓練最好從小就開始，練習不必刻意挑時間，隨時隨地都是機會；讓孩子勇於嘗試、樂於對家庭成員盡棉薄之力，絕對值得嘉許。

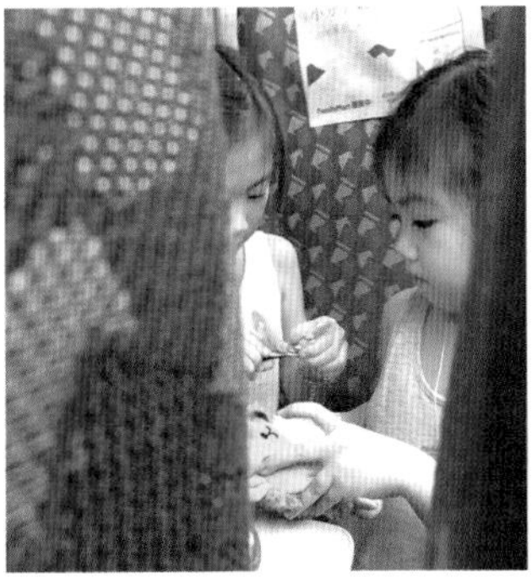

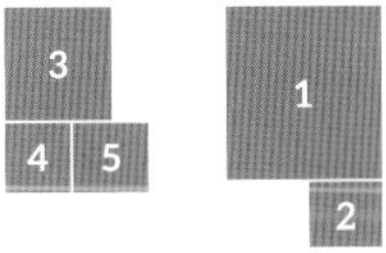

1—— 海蒂幫阿公、阿嬤沖煮咖啡。

2—— 阿公、阿嬤帶著兩孫女進行課外教學，參觀現代化的郵局時，巧遇可愛的機器人。

3—— 海蒂和諾諾的睡衣趴，小孩子開趴照應現實生活，也活絡並穿透時空的無限想像。

4—— 二妹搭乘高鐵，輕聲細語玩遊戲。

5—— 兩孫女衝到電視機前，搶著對螢光幕上的阿嬤親嘴，阿嬤看了都醉了。

陪伴孩子長大，如同重新經歷自己的第二次童年。陪伴孫子長大，那又有不同的境界。希望自己能常保赤子之心，就可以跟兩孫女一樣，在尋常日子中，打從心裡萌生幸福感。

愛的排行榜

孩子表情達意的練習

廖玉蕙 著

推薦序

可愛不會被年齡阻礙

洪仲清 臨床心理師

心如果夠靜，萬物皆有可觀。

在稚子的童言童語裡，在讓人煩躁卻又常輕易忽略的高鐵噪音裡，或者即使只是眼前的一塊梨，都可以有最純粹的悸動與好奇。這世界常常充滿冷漠與恐慌，我們需要一個明亮的眼光，看到那些平凡中的趣味。

願意保持敏感的心，不理所當然地錯過這些趣味，是無趣生活中的自我救贖！

陪伴孩子長大，如同重新經歷自己的第二次童年。陪伴孫子長大，那又有不同的境界。

年齡漸長，生命將盡，看待人與事也就更多了理解與涵容。是非對錯漸漸圓融，關係的本質也就日漸清晰。這時不會再讓世俗評價任意綑綁，就像神力女超人，有了超然的力量，能突破框架，不只愛自己的家人，也關懷社會的變化。

其實孩子在剛開始成長的時候，也會有不流俗的洞見。像是孩子也會想獨處，即便是面對熟悉的家人，也知道可以保有彼此的空間，讓關係更美。

只要我們給予尊重，讓孩子試著表達自己的情緒與意見，不用僵化的定見去限制。那麼，將來孩子更能堅定地相信自己，持續用提問與思考幫自己的人生照相，把生命活成屬於自己的模樣。

「你要知道，這個世界不是你要有什麼就會有什麼的，你哭也是沒有用的，不如睡了吧。」

有時候最困難的問題，可以有最簡單的解方。無解、難解的事超多，很多時候越是要去解，也就越糾結。不如去睡，睡飽如神仙，笑看糾結，有時候不去理會直接跨越，至少賺了頓好睡養顏。

我喜歡看星空，哪裡有星空，那裡就有我的仰望。我喜歡大自然，能在其中舒壓，也能汲取許多道理。

星星能一顆一顆地燦亮，那是因為它們彼此之間保持了一定的距離。這個距離能讓它們保有個體的疆界，因此各自美麗。

我們跟孩子之間，也可以保有這樣的空間。讓孩子做自己，我們也不用強迫自己非得合群。

孩子要能表達情緒，首先得要給出空間，尊重孩子跟大人不一樣的感受。感受非常主觀，別硬用對錯去壓制，雖然這幾乎是我們的傳統，但現代人開始知道，被壓制的情感會反彈，這跟孩子後續的心理困境有關。

我們傳統的情感教育有太多缺憾，把孩子套在模子裡，要孩子複製大人的樣子。不，不對，不只是複製，很多大人還要孩子比自己更好，即便大人自己做不到，即使孩子已經受不了。

以往的教養方式，是孩子只能聽話，聽話才乖，大人才喜歡。所以孩子話一多，就會被大人打斷，大人基本上不太想聽孩子說什麼，心情一煩，就挑孩子毛病。以前面對孩子表示自己被霸凌，大人最常有的經典回應是：為什麼不檢討你自己？

當孩子不被當成一個「人」，而被當成「功能」看待，那大人又如何願意真誠地去理解孩子的情意？又怎麼會有真愛呢？

不管是養兒防老，或者要孩子繁衍後代，或者期待孩子光宗耀祖，孩子被視為是父母的財產，要執行父母的意志，這叫孝順。所以傳統才有重男輕女的習俗，會念書的孩子能得到更多資源，這裡面的功利算計非常明顯，但又慣性地「以愛之名」被忽略。

還好我們只要願意找，身邊不缺榜樣。這本書有一個可愛的阿嬤，跟兩個可愛的天使孩子，在可愛裡沒有年齡的距離，愛的流動超脫了傳統。

這可愛的阿嬤有相當的自律與自省，其實這並不容易，因為這意味著這阿嬤不放棄學習，依舊保持謙虛。很多時候，讓人老的，不是年齡，而是對自己成長的放棄！

祝願您，藉著閱讀這本書，能把這個慈愛阿嬤的形象，放進自己的生命裡，滋養自己！

自序

常常看到滿天的燦爛

回溯這一本書的完成，其實有些周折。出版社的編輯希望我寫得更詳細，我卻爭取有更多的留白，我們反覆溝通著，中夜裡，我負氣地修改，然後失眠。

一日，小孫女的父母回來，我向他們告狀。兒子帶著一貫權威仲裁者的姿態說：「那麼，就讓我們來看看文本吧！」看了幾篇我連夜修改的篇章後，兒子和媳婦異口同聲說：「這樣很好啊，有點延伸閱讀，幫讀者稍稍提綱挈領，又不會太囉唆。」他們喜歡我在文章後方加點小提醒，說可以讓讀者很快掌握要點。

一向不管教書或寫作散文，我都主張口下、筆下留一點，讓學生或讀者有更多的想像；如今編輯要我將所有的想像具體化為自我剖析及過來人的善意叮嚀，心裡有些不自在，這樣的要求的確需要自我調整。對我而言，所有書寫的內容，身為阿嬤的我無論做出怎樣的反應都是自然的、不假思索的。現在忽然要系統化起來，寫出之所以這樣反應的動機和方法，似乎自覺很厲害，怪怪的。我只是比尋常祖母稍稍有趣些而已。就好像我一向認為所有的好學生，其實都是自己好的；壞學生才是老師教壞的，我真的不敢居功。

書裡的故事都是真實的、自然發生也是自然反應出來的，我原本只是想分享其中的機趣、溫暖與喜悅。教養基礎理論都是一樣的，不外同理心、容忍、耐心、愛啊等等，忽然每則都要說出一些不一樣的道理來；我預估寫著、寫著，到後來必然辭窮了。但編輯比較在意的可能是能具體祖述教育理念、動機與做法，而我老師當太久了，很疲於教導，喜歡翻轉概念，出奇制勝。

譬如輯一的〈搶著幫忙〉那篇，當我想轉移一個啼哭不止的孩子的注意，要孫女諾諾幫我剔牙時，一般孩子可能就興奮地幫忙了，可是諾諾竟然指引我：「為何不自己去對著鏡子剔牙？」這反應確實出乎意外。而我更激賞的是，當孩子因為樂於幫忙而得到諸多的稱讚，上樓時，並沒有誇耀她自己得到的讚美，而是「興奮地大聲宣布：『今天天空上的星星好多、好漂亮喲！』」因為高興，她看到滿天的燦爛。我以為這是天賦，阿嬤只是甘拜下風，談不上教養；但阿公說：「這其實也是平時你常在下樓出門時提醒她們仰望星星、月亮的間接濡染。」好吧，這樣看來，我輸了，一面倒的。

於是，我開始補充「延伸思考」。竟然一路順風，沒有預想中的詞窮，原來人的潛能無限，就好像我叮嚀不要小看孩子的潛力，我自己卻忘了，大人無論多老，也都還有開發的可能。於是，這本書就以這樣的形式寫出來了。

但無論如何，必須說明的是：這是一本日常生活的陪伴及引導實錄，沒有板起臉孔說教的意思，只是在教養過程裡，記下孩子的快樂成長及得到怎樣的溫暖陪伴。愛是家庭的基石。如何感受愛？如何表情達愛？甚至如何對應愛？是每個人終生的課題。有人對愛的感受力薄弱，有人選擇將悲喜愛憎埋藏心底，也許是因為怯於表達愛，也許錯認愛只是自然而生，毋須刻意經營；但所有的愛想要細水長流，也需要經過學習來培養。憤怒、悲傷、惆悵、徬徨……是經歷驚濤駭浪衝擊時的激烈心情；示愛、示弱、讚美、道歉是表情達愛的直接袒露方式，沒有養成習慣，有時並不容易。我們需要練習跨過關卡，才能度過冷冽、迎接溫暖。

雖然，大部分的日子，我們都在溫煦的陽光和清風拂面中清淡度過，但陽光春風裡的日子，是不是也可以過得不尋常？孔子的「因材施教」是流傳千古的重要教學方法和教學原則，在教學中根據孩子的個別認知水準、學習能力以及自身素質，選擇適合他們的學習方法來施教。但如何來識別「材」，就是一門高深的學問。因此，這本書期待能在教養上，提供一些具體可行的辨識方法及對待策略，希望大家在尋常日子中，因為應對得宜，也能打從心裡萌生幸福感。

從兩歲多起，我的小孫女諾諾就開始有一個她自己的「愛的排行榜」，愛的排行隨著她心情的變化起起落落，阿嬤經常落在排行的中後段。阿嬤總是做出非常在意的樣子，她因此經常威脅如果阿嬤不乖的話，要重新改變排行，可能淪為最後一名。阿嬤經過種種努力後，在一次搭乘的計程車上，忽然被告知：阿嬤已衝上排行榜第一名，簡直欣喜若狂。但在那之後的某一天，諾諾又鄭重宣布：「其實每一個人在榜上都是我的第一名，都是我的最愛。」阿嬤赫然驚覺五歲的女孩已經長大了。於是，我也勉勵自己持續跟上時代，才能在愛的排行榜上高踞，不致落後太多；更希望自己能常保赤子之心，跟她們一樣，常常看到滿天的燦爛。

【輯一】

風的味道很秋天

——引導高情商的表達

人際溝通之重要眾人皆知，但儘管知道重要，能掌握要訣者卻似乎不成比例。學校教育往往偏重智育，對高情商的表達不甚措意。情意的開發如果能儘早開始，就能渾然天成，毋須花費太多時間修習訂正；內心的感動，形諸於外自然就是受歡迎的溫良恭儉讓的行為模式；表達就越自然、越不矯飾。

所有的學習都是為了讓生活更容易。思想的啟迪不必陳義過高，只要從周遭生活取材，先把基本的切身問題釐清之後，再描繪清楚、敍說明白，讓道理埋伏照應在遊戲中或生活裡。因此，凝眸注視生活，觀察、思索、歸納、分析後形諸口語的過程，不但讓孩子咀嚼了生命的滋味，也開發了情意。一旦這些學習過程在生命中扎根，教育就能突破藩籬，無處不在。

具體言之，大人只要透過個人生命經驗的體會及適切的小故事，和孩子做深度的交流，使孩子知善惡、重感情，所有美好的德行將內化成為行動的準則，讓人性、社會性與自然充分調和。

於是，美好德行的實踐，將不再只是書本裡的白紙黑字或考卷上的標準答案而已，而真正成為個人精神生命的寄託，正所謂「一粒砂裡見世界，半瓣花上說人情」，只有生命與生活經驗相互結合，情感才能流動起來。所以，教育應該從個人的情意共鳴為起始點，體察時代的變化，才能收表情達意、欣賞陶冶，進而達到潛移默化的功效。

鼓勵孩子自我探索，把自身的感動、不快、疑惑、共鳴……等情意提出，一來可訓練獨立思考，二來也必定對孩童將來的處世有直接的促進。從現在開始，請敞開心胸，給孩子開放討論的空間，讓孩子能在大人的引導下，培養開闊通識眼光及啟發獨立思考。真誠情感的體現，就是藉由大人的誠懇表白，來引起孩童的思考，並受到某種程度上的啟發；甚至是希望他們能在感動之餘，產生和以往不同的想法、一個切入解釋世態人情的角度，或提醒對所處世界的關懷，為生活找到一個說法。

關於愛

1 老二的心酸

看著諾諾成天追著姊姊跑，我總忍不住心酸。

去中正紀念堂玩，餵魚的時候，諾力氣小，卻總想把魚食丟得跟姊姊一樣遠，老是無法如願。

回家時，在中正紀念堂的長廊上小跑步，就是跑不贏姊姊，只好嘔氣地停下腳步，低下頭撇嘴說：「我不要跟姊姊玩了。」

吃飯的時候，姊姊開始拋棄湯匙，改用兒童筷子，她也跟著要改用兒童筷；姊姊在外頭吃飯時，開始試著用大人的筷子夾麵吃，她也執意跟姊姊一樣拿著長長的筷子使，搞得麵條四處流竄。

姊姊拿著書講故事給大家聽，博得讚賞；她也偷偷學習，過沒幾天，也宣布：「我來講故事給你們聽。」

姊姊跟著音樂擺腰扭臀跳舞，肩膀一聳一聳的，兩手像蝴蝶般柔軟舞動。她一旁看了幾次後，也勇敢地加入行列，跟著聳肩，瞇起眼睛。雖然動作不若姊姊自然優美，卻讓阿嬤老淚縱橫。

無論阿嬤如何開導安慰：「諾諾比較小，當然跑不過姊姊，你很棒了。」「諾諾會用兒童筷已經超級厲害了，不必一定跟姊姊一樣用大人的筷子。」「諾諾跳舞跳得真美，不必一定要學姊姊，自己跳自己的樣子就好美了。」可憐的老二，無論如何就是想跟上姊姊的節奏，跟姊姊一較短長，卻挫敗連連。

成長過程真辛苦，每天為比不過姊姊生悶氣，日日為爭一口氣拚命學習。兩歲多的妹妹追著四歲多的姊姊跑，中間隔著一歲十個月的距離。妹妹好強地追得氣喘吁吁，阿嬤每每看著、想得，心裡滴血。

以上是阿嬤在海蒂四歲多、諾諾快三歲時，臉書上的貼文。次日，阿嬤將文章唸給姊姊聽。姊姊邊騎腳踏車、邊聽，進進出出。阿嬤不停問：「你有在聽嗎？」

她都露一下臉答：「有～」聲音拉得長長的。

阿嬤唸完，問姊姊：「你聽完覺得怎樣？」姊姊回：「妹妹很可憐。」

阿嬤問：「那你覺得你可以怎樣做會好些？」姊姊朗聲回說：「讓她。」

阿嬤續問：「可以怎麼做？」姊姊乾淨俐落說：「讓她贏。」

阿嬤又問：「你可以做到嗎？」姊姊堅定回說：「可以。」

阿嬤心裡捨不得，跟她說：「不必每次都讓，偶爾讓一下就可以了。」

2 店小二的存活之道

為了臨時銜命上場錄製某節目，阿嬤準備講稿，凌晨四點左右上床，六點多就起床，由製作單位來接去東區錄影。

中午返家，潰不成軍，吃過飯，沒等孫女過來就暈死書房沙發床。

恍惚迷離中，聽到兩位小孫女竊竊私語：「阿嬤太累了，不要吵她。」但畢竟是孩子，不時忘形地在客廳驚聲尖叫。我被聲音吵醒，才稍一翻身，兩個小人兒便敏銳地感覺到，立刻奔進書房問：「阿嬤你醒了嗎？」

為免麻煩，阿嬤一句不吭，直挺挺去上洗手間，然後直挺挺再倒回床上。兩人見了，沒有糾纏，直接回去客廳。

阿嬤醒來後，嘉許她們沒有吵阿嬤，讓阿嬤睡了好覺。阿嬤問海蒂怎麼那麼乖？海蒂坦白相告：「因為怕你生氣。」阿嬤失落地說：「蝦密！怕我生氣？」海蒂說：「是啊，阿嬤生氣起來是很可怕的。」阿嬤說：「我以為你們是體貼阿嬤太累，所以不吵我，原來是怕我生氣，唉！阿嬤哪有那麼可怕。」

坐在地上不到三歲半的孫女諾諾立刻輸誠，抬起頭跟阿嬤說：「我是怕阿嬤太累才沒吵醒阿嬤的。」這是店小二的存活之道嗎？

3　愛嬤族

二姝糾纏著阿嬤跟她們一起玩拼圖，兩人各捧一盒拼圖爭相要阿嬤幫忙一起拼。阿嬤低頭坐在地板上，顧了這個、顧不了那個，手忙腳亂地，抬起頭嘆了口氣求饒，說：「阿嬤不在行拼圖，阿嬤是寫字的（老哏），姑姑才是拼圖高手，你們等姑姑下班吧。」

姊姊看到一旁的阿公，說：「阿公是畫圖族。」

既然大人都各有所長，阿嬤就問：「姊姊，那你是哪一族的？」姊姊回：「我跟姑姑一樣是拼圖族。」

「那妹妹呢？妹妹你是哪一族？」妹妹不假思索，笑咪咪另立一族，說：「我是愛阿嬤族。」然後，飛撲過來緊緊抱著阿嬤。阿嬤無條件投降，二話不說，立刻趴下去奮勇幫忙拼圖。

阿嬤很滿足，不免邊拼圖邊跟小朋友談起昨晚和姑姑的談話內容：「姑姑昨晚告訴阿嬤，她每天上班很辛苦，最快樂的事就是下班按門鈴上樓後，你們躲貓貓讓她找的時刻。」

姊姊立刻跟進：「我們也一直等姑姑回來哦，我好愛姑姑。」

傍晚，姑姑吃過晚飯，當被實驗的白老鼠，讓姊姊在燈下幫她擦指甲油，兩人聚精會神。阿嬤提起今午我們嬤孫一番愛的對談。妹妹馬上從姑姑身後環抱，說：

「我是愛阿嬤族，也是愛姑姑族。」

姑姑的指甲被撞得一偏，指甲油擦出了界限，姊姊驚叫，但沒忘了說：「我也是愛姑姑。」

姑姑開心地回報兩人：「我也好愛你們啊！」

但妹妹遺憾地說：「但是我們今天沒有躲起來。」

姑姑說：「姑姑下班時，你睡著了，沒有躲起來，改天再躲好了。」

妹妹一眼看出坐在一旁的阿公的寂寞，趕緊說：「我是愛姑姑、姊姊，也是愛阿公、阿嬤族。」阿公也高興起來，妹妹接著說：「我也是愛媽媽、爸拔、婆婆、舅舅族……」

4 這是演哪一齣啊？

妹妹日益強悍，姊姊玩什麼，她就要玩什麼；姊姊拿什麼，她就搶什麼。最後的結局，就是一人生氣，另一人哭。

哭的約莫都是搶輸的，不定是妹妹，也常常是姊姊。但搶人的，態勢越來越明顯，百分之九十九是妹妹。讓人尷尬的是，大人主持公道還常被打槍。

妹妹搶人不遂，生氣趴在一旁沙發賭氣；姊姊慌張，急急告狀說明，唯恐被誤解。阿嬤一旁看得分明，稍微提高音量斥責：「妹妹，別以為阿嬤沒看到，是你先搶姊姊的，有什麼資格生氣。」妹妹隨即放聲大哭，聲勢驚人。

阿嬤再接再厲：「哭也沒用，不對就是不對，哭是最沒用的，用講的。」妹妹哭得好慘。

出乎意料的，姊姊忽然漲紅了臉對著阿嬤說：「阿嬤，你不要這樣大聲好嗎？你嚇到她了。」然後，過去抱著妹妹惜惜，兩人開始惺惺相惜。

阿嬤豬八戒照鏡子，裡外不是人。這是演哪一齣啊？

延伸思考

姊妹間，時相齟齬，轉首又常相親。老大通常老成持重，老二相形之下較為活潑俏皮；老大自律性強，老二則勤於示愛。這種組合雖非定律，卻往往是常態。所以，姊姊端莊婉約，常處於挨打狀態；妹妹熱情活潑，顯得侵略性強大，兩人相處，有時勢如水火之不相容；有時卻又甜蜜得如膠似漆。妹妹的口頭禪：「我最愛姊姊」，愛的排行榜上姊姊常高踞前三名，姊姊對妹妹卻常不假辭色。但無論如何，抵禦外侮絕對是共識。

小孫女的哲學課？

無意中看到一篇題為〈法國人三歲就上哲學課？〉的文章：

最近巴黎的「兒童哲學工作坊」越來越流行，有幾個原因，其一，這兩年法國和歐洲其他地方受到恐襲，孩子看到新聞，就會向父母提出很多關於生死、生命、戰爭、和平、恐怖主義等等問題，有時父母也無法回答，他們就讓孩子來哲學工作坊，讓孩子可以抒發感受。

阿嬤不期然想起，約莫三星期前，小孫女來，不知聊起什麼，海蒂忽然問阿嬤：「阿嬤，你也有媽媽嗎？」阿嬤說：「有啊，每個人都有媽媽呀。我不是給你看過阿嬤的媽媽——阿太的照片嗎？」海蒂又問：「那她現在在哪裡？」這問題她已經問過好多遍，但阿嬤還是很有耐心地回答：「她到天上去了。」「她為什麼去天上，去天上做什麼？」「每個人都會長大，然後變老，接著死去，到天上去。像你以後會長大變成媽媽現在一樣大，然後生小貝比，阿嬤會變得更老，然後死去到天上。」我故意跳過她的媽媽並忽略她的第二個問題，因為真的不知道答案。

「那我媽媽以後也會變成跟阿嬤一樣老嗎？她會死去嗎？」她沒放過。

「每個人到最後都會死去啊，阿嬤會死，媽媽也會死，阿公、爸拔都會，以後就都到天上去。」「去天上做什麼？」海蒂沒忘記她的疑問，又追問。

阿嬤只好老實說：「阿嬤也不知道他們在天上做什麼，因為阿嬤也還沒去過，以後阿嬤去了，若知道了，再想辦法告訴你。」「但是，我不喜歡去天上。」海蒂有點擔心。

「阿嬤跟海蒂一樣，也不喜歡去，但是阿嬤的媽媽在那裡等阿嬤。……」阿嬤想了想，接下去說：「那麼，這樣好了，阿嬤至少要等你穿得漂漂亮亮去結婚，才去天上。現在，你先餵我吃一顆葉黃素，把我的眼睛顧好，好不好？」

她高高興興拿了一顆葉黃素放進阿嬤的嘴裡，阿嬤以為已經通過哲學考試，誰知海蒂鍥而不捨又問：「如果阿嬤去了天上，還能跟我說話嗎？」台灣又沒有遭遇恐怖攻擊，幹嘛她也一直問有關死亡的疑惑？看來阿嬤得送小孫女去上上哲學課。

延伸思考

一顆葉黃素不只治眼睛，也終結了生死困境的無止盡討論。恐懼源於不安、不確定。如果確切知道生離死別是常態，是不是眾生就較能釋懷？人生如四季的循環，春生夏長秋收冬藏，最後都得回歸自然。大人心頭如果先篤定了，孩子就無所懼，天上有前行者可以奔赴，人間有後起者足以相依，這是最簡單又最明確的人生哲學。

不想讓孫女將來造成別人的麻煩

二妹在家裡總是暢所欲言，聲量不知節制。

阿嬤帶著她們至少坐了許多次公共交通工具，尤其是高鐵，時間較長、空間較廣，她們常在上頭玩遊戲，一不小心就忘形地大著嗓門說話，尤其是莽張飛似的諾，如入無人之境，總要阿公、阿嬤一再提醒。

以前，阿公、阿嬤比較常帶她們去親子餐廳，目標著重在附設的遊樂區，不大需要注意聲量的調整。如今，為了教導她們在公眾場合說話的禮節，阿公、阿嬤特別選在附近的咖啡店請她們吃下午茶。咖啡店裡有許多布娃娃，從一進門開始，諾就驚呼不止，尤其看到其中一個放了許多小熊、小兔玩偶的籃內，竟然發現一隻小毛毛蟲，兩人都又驚又喜。妹妹不停問：

「我可以去摸牠嗎？」

「牠為什麼跑到籃子裡？」

「毛毛蟲現在為什麼躲起來了？」

「阿嬤，牠又跑出來了，你看你看。」

其實對孩子來說，這每句話真的都該是驚嘆句，驚嘆句的聲量豈能輕易壓抑？阿嬤把手放在脣邊不停「噓」，教她們降低音量。諾諾到後來重重嘆了口氣，意興闌珊自己撮脣也模仿著說：「噓，要小聲。」

阿嬤之所以忽然想起該好好教育她們公共場所禮節，是因為前幾日小朋友的爸媽從「行冊」回來，沮喪地談到他們的餐廳來了幾個慶生的年輕人，因為太高興吧，聲量沒有節制，壞了同在餐廳用餐的其他顧客的興致，雖經服務同仁的婉言勸導，一下子又大聲如故，甚至引來其他顧客與慶生客的爭執。（聲大難抑是正常，但經提醒卻如故就真的很不好。）

餐廳遇到這種衰事，主事者當然覺得滿難過的。但此事的確難兩全，年輕人歡樂難抑，其他客人也想有安靜吃頓飯的權益，最大的錯誤應該是選擇慶生場所的問題，也許有比「行冊」更適合喧鬧歡慶的地方，譬如去有包廂的「錢櫃」之類的。

每個餐廳都有各自的屬性，我可不想讓我們的孫女將來造成別人的麻煩。見微知著，我們得先將她們教育好。

延伸思考

任憑小孩在公共場合喧譁，絲毫不以為意，是不文明的表徵。民主社會裡強調的自由，都要以不妨礙別人為底線。小朋友的規矩，來自父母的教導。平日在家習慣歡樂喧笑無妨，出門如果還是眾聲喧譁，家長就得自我約束。所以，找個時間溝通後，出門找個公共場合，實際進行現場模擬推演是有其必要。否則，事到臨頭，才在現場惱羞成怒教訓，搞得鬼哭神嚎，可就顏面盡失。

鬼哭神嚎戲碼

黃昏時分，先是阿嬤跟小龍女笑鬧時，不小心手指滑過她的臉頰，她當場痛哭，不顧阿嬤連聲道歉，也不讓阿嬤抱她，呼天搶地地找媽媽。（根本就沒傷痕）阿嬤哄不了她，見笑轉生氣，不理她，逕自到書房打電腦。

此姝由姑姑哄停後，兩度踱到書房，站在阿嬤身後，看起來是拉不下臉道歉。阿嬤是真生氣了，沒回頭。她只好訕訕然離開。

接著，諾諾因為跟姊姊搶笛子，居然搶到了還生氣，把笛子往地下扔。阿嬤叫她撿起，她居然抵死不從。好！都給我記住，阿嬤決定好好處置這兩個小魔頭。

沒過多久，阿嬤炒好菜，大聲呼喚吃飯。姊姊說還不餓，想晚點吃；阿嬤不太高興，諾諾欣然前來響應，阿嬤負氣地說：「愛吃不吃隨便你們，反正以後我不理你們了，你們都愛耍脾氣。」

諾諾倔強說：「那我也不要跟你們講話了啦！」還接著大哭：「我要找媽媽！」阿嬤嗆她：「既然要媽媽現在就去，姑姑，把門開了，讓她馬上出去找媽媽，以後也別來阿嬤家。」

諾諾居然氣得把腳上的拖鞋甩出去，阿嬤很生氣，大聲叫她把鞋穿起來，連同剛剛甩笛子的帳一併算，問她：「動不動就甩東西，是對的嗎？」阿嬤在她站的位置圈出一個圈，「如果不穿上拖鞋，就別想離開這個圓圈範圍。」

諾諾跟姊姊一樣鬼哭神嚎起來，喊阿公、叫姑姑，阿嬤狠下心不准有人救援；姊姊在外頭聽到妹妹哭聲，急跑過來，大叫：「不要罵她！」我說你管好自己就行，姊姊竟然將廚房的門「碰！」地用力關上，局面一片混亂。

這下子真把阿嬤惹毛了，聲量放大，說：「從今以後，你們就不要到阿嬤家來，阿嬤這麼愛你們，還要看你們臉色過日子，我這是招誰惹誰！」於是添了飯，自顧自吃起來。

諾諾想是知道大事不妙了，忽然停止了哭泣，頰上掛著淚，面對吃飯的阿嬤說：「阿嬤對不起。」

阿嬤心腸軟，叫她過來，抱著她問：「你這樣凶阿嬤，是不愛阿嬤了嗎？」諾諾仰著頭跟阿嬤告白：「我最愛阿嬤了。」接著，諾諾異乎尋常的乖巧，一口一口地自己吃飯，還不時對著坐在她對面的阿嬤討好地笑，小的終於解決了。

姊姊一直坐在客廳沙發上，阿嬤匆匆吃過飯，繞過客廳進書房。三分鐘後，姊姊走進書房，「蛇」到阿嬤身邊說：「阿嬤對不起。」「對不起什麼？」「我不應該哭那麼大聲，而且還喊要找媽媽。」

阿嬤說：「戳到你的臉是阿嬤不對，但阿嬤是不小心的，也道過歉好多次，要抱你，你也不讓抱。明明知道媽媽不在，卻哭喊要媽媽，這能解決什麼問題？只是讓阿嬤難過。」

姊姊忙附和：「昨天我便祕，在家裡馬桶上大哭要媽媽。媽媽也走過來對我說：『力氣要用對地方，哭哭不能解決問題，只有把力氣用來努力大便才對。』」

後來呢？阿嬤急著知道結果。

「後來，就真的大出來了呀！」嬤孫兩人同時鬆一口氣，一場恩怨情仇就在大便的話題中和解了。

阿嬤沒忘記跟她再複習一次：「誰常帶你們出去散步？」「阿嬤、阿公。」

「誰常帶你去餵魚」「阿嬤、阿公。」

「誰常說故事給你聽？」「阿嬤。」

「誰常聽你唱歌、陪你跳舞？」「阿嬤。」

「誰常陪你玩搭飛機的遊戲？」「阿嬤。」

「誰常帶禮物回來給你？」「阿嬤。」

「誰常複印著色畫給你畫？」「阿嬤。」

「誰最愛你們？」「阿嬤。」

「你們最愛誰？」「阿嬤。」

這時，妹妹出來補充說：「我最愛阿嬤，還有阿公、姑姑、爸拔、媽媽、婆婆、婆婆的阿公、舅舅……」

延伸思考

小朋友不懂事，有情緒是當然的；大人不會是聖人，有情緒也是自然的。「當然」遇上「自然」，也是「必然」的。小朋友有時像小魔頭，這也不是，那也不好，像是在考驗著大人的耐性。年紀小些的，有可能是想睡覺而不自覺，還勉力撐持，怕睡著了，錯過眼前的繁華，這時只能哄他去睡覺；年紀大些的，鬧彆扭、跟大人撐著比氣長，小小的警告，讓他知所進退是必要的。氣消事解後，用小小的示愛來補恨，會比較沒有後遺症，也會更加圓滿。

太激動與太快樂

諾諾因為姊姊不給她玩望遠鏡，哭得好悲傷。阿嬤捨不得，抱她過來，說：「哇，眼淚好大顆，看起來好好吃，讓阿嬤吃一顆吧。」她臉上掛著淚珠，讓阿嬤舔了一下臉。阿嬤皺著眉說：「諾的眼淚好鹹哦，是不是媽媽偷偷在你睡覺時在眼珠子裡加了鹽巴呀？」她停止了哭泣，問：「那阿嬤的眼淚呢？」阿嬤請她自己嚐嚐看。

諾諾用小舌頭在阿嬤的眼睛下方臉頰上一舔，說：「不鹹。」

「那甜嗎？」阿嬤問。「也不甜。」她回答。

「怎麼不甜也不鹹呢？我在眼睛裡加點糖吧？」阿諾退後兩步，說：「不要。」又吩咐阿嬤：「阿嬤也不要。」

阿嬤笑說：「諾好聰明，眼淚不是加鹽才鹹的，也不會因為加糖變成甜的。」

姊姊聽了，一旁發問：「那眼淚為什麼是鹹的？」阿嬤覺得捅了無法收拾的蜂窩，草草回答：「眼淚天生就是鹹的啊，就像海水也是天生就是鹹的，河水就是沒有味道的。」

為了轉移話題，阿嬤想到前一陣子去台南演講，又獲得學校餽贈的一包蓮藕粉，趕緊說：「我們一起來煮蓮藕湯吧！」兩個小朋友都興奮極了。

諾諾哇哇叫，一馬當先，衝向廚房。到廚房後，還轉身回頭自我反省說：「我太激動了。」

午後，那位因為要做蓮藕湯而自覺太激動的小姐，終於在爸拔媽媽來接走前的二十分鐘闖了禍。

阿嬤放下手邊的工作，在書房的沙發床上和她們玩拍照。姊姊拍阿嬤和妹妹；阿嬤拍兩姊妹；阿公拍我們嬤孫三人；最後輪到妹妹拍阿嬤和姊姊。玩得太開心，拍得好盡興，就在諾諾拍完阿嬤和姊姊後，妹妹大笑著將照相機丟給阿嬤，不小心砸中姊姊的下巴。雖然沒有流血，但力道不小，姊姊旋即大哭，阿公迅速從冰箱內拿來冰敷袋。

姊姊哭聲震天，阿嬤跟諾說：「拿東西給人用丟的就是不對，除了東西會被摔壞外，還會怎樣？」「會打到人。」

姊姊為什麼哭？「因為我打到她。」

被打到為什麼要哭？「因為會痛。」

道理都明白，為什麼用砸的？妹妹歡樂未了，說：「我太快樂了。」太快樂了？說完還忍不住大笑。

阿嬤拉下臉孔，要妹妹道歉。結果是，阿嬤罰妹妹大聲道歉十次：「姊姊，對不起。」阿嬤一旁數數兒，到第四次的時候，姊姊也笑了。

稍晚，送小朋友出大樓，等爸拔來接時，姊姊仰頭看到雲中一輪明月，還有許多星星，趕緊通告妹妹。兩人仰頭向天，姊姊說：「月亮在雲裡走路咧。」兩人已前嫌盡釋。「真的太快樂了。」妹妹又說。

延伸思考

太激動或太快樂都容易致誤，不只大人如此，小孩子也一樣。所以，只要不是惡意，因為情緒激動而收束不住地闖禍，都不必責備太甚。馬有失蹄，誰吃燒餅不掉點芝麻！尤其長幼間的糾紛，大人介入調停時，可以用轉移手法帶過，如前者一起探究眼淚有多鹹，轉移焦點；後者罰說十遍道歉語，造成複述的趣味，所有嫌隙都在「月亮在雲裡走路」前化為烏有。

我只是愛姊姊

姊姊海蒂自前年從幼兒園中輟回家後，一直到今年九月又賈其餘勇，報名了幼稚園。五歲多，照說成熟了不少，卻在開學之初，仍舊啼哭不止。第一天，進了教室，連椅子都沒坐上，就又黏著著媽媽離開學校；次日，媽媽只陪讀了一個多鐘頭，連點心都來不及吃，又忙不迭跟著回家。終於在第六天出乎意料地撐到黃昏下課。那日晚上，她跟阿嬤炫耀：「我一點都沒有哭，很厲害吧？」阿嬤才放下心。沒料到，次日早晨媽媽回來時，又洩氣地說：「剛剛離開教室時，姊姊又哭了。」

媽媽上班後，三歲的妹妹諾諾乖乖坐地板上玩拼圖。阿嬤邊吃早餐邊跟她閒聊，問她：「姊姊上學哭了，你會捨不得嗎？」「會啊。」她低眉回答。「那你會不會想讓她不要去上學，乾脆回來陪你玩？」她抬起頭，正色回答：「不行這樣，不去上學，以後她怎麼當明星？」姊姊上學是為當明星嗎？阿嬤失笑。

阿嬤忽然想起，一回，姊姊告訴阿嬤：「我其實想當警察。」

阿嬤隨機教育：「當警察很好，但當警察要很認真吃飯才行，身體壯壯才能制伏犯人。」

姊姊當下反悔，轉而說：「那我不要當警察，還是當明星好了。」

阿嬤又接著說：「當明星也不錯，但當明星要好好念書才可以變成大明星。」

妹妹可能是聽到當時阿嬤跟姊姊的對話，小孩記性好。一會兒，姑姑出來，問小姪女：「諾諾有沒有想念姊姊？」

諾諾回：「我沒有想念姊姊。」舉家譁然，諾諾很快接著說：「我只是愛姊姊。」這是「愛她不能害她」的信念履踐嗎？

過了幾日，晚餐時，姊妹互別苗頭，看誰吃得快。諾諾跟阿公、阿嬤、姑姑說：「我跟姊姊一組，小朋友跟小朋友比；你們三個大人一組，不要參加我們的。」姊姊飛快吃完了，妹妹轉換說法：「我們不必跟『對方』比，只要跟『自己』比就好了。」三歲娃兒好會見風轉舵。

姊姊吃完飯，開始喝湯，諾也要。阿公正拿碗要盛，姊姊厲聲阻止：「沒吃完飯，不要給她喝湯，她都是被阿公寵壞了。」阿公好乖，立刻停止添湯。妹妹沒有力爭，只要求阿公餵她。姊姊又端出架勢幫阿公否決，要妹妹自己吃。她嘮嘮叨叨地、聲色俱厲像個長輩一樣凶妹妹：「趕快吃！」妹妹不敢反駁，只委屈地望向阿嬤。

阿嬤也跟著端出長輩臉，跟姊姊說：「有阿公、阿嬤跟姑姑在場，你比較小，不用你來訓妹妹，我們大人會管她。」姊姊漲紅了臉說：「我是姊姊欸！我做姊姊不能管她，那有誰能讓我管，我是她的姊姊欸。」說得也對，好不容易才升格做姊姊，連一點「訓人」的福利也沒有，算什麼姊姊！

阿嬤只好道德勸說：「好，你可以管她，但當姊姊的，跟妹妹說話要溫柔，才是好姊姊。」姊姊又反駁：「我先前有溫柔地叫她認真吃，她就是沒聽，我才凶她的。」

阿嬤說不過她，問妹妹：「先前姊姊有溫柔勸你嗎？」諾諾赧然點頭。阿嬤無奈道歉：「好吧，溫柔勸導的時候，可能阿嬤沒看到，錯怪你了。但妹妹看來也已經知道錯了，而且她那麼愛你，你不是也很愛妹妹的嗎？能不能不要對她那麼凶？」姊姊沒回話，收拾了伶牙俐齒，聲音變得小小的：「她每次都這樣，我是愛她才管她的。」

說起這對姊妹也真是一對歡喜冤家。諾諾人來瘋，纏著姊姊玩，撞這碰那的，屢經警告，也不收斂，經常因此肇禍。不是手舞足蹈地老踢到姊姊，就是擠過來湊熱鬧，拿畫筆在姊姊紙上塗抹。姊姊喝斥或拒絕幾次不管用，氣得收起簿子，不小心揮到妹妹的臉，或氣得用力起身，一不注意，讓妹妹跌個四腳朝天，跌倒的才開始放聲要哭，姊姊一看惹禍，先就哭了。

前日，妹妹被揮到額頭才小哭，姊姊道歉說對不起後，自己的眼淚就大顆大顆落下，哭得好慘。

阿嬤好奇問姊姊：「妹妹被你打到，你倒哭得比她厲害，這是什麼道理？」姊姊邊哭邊說：「因為妹妹被我打到會很痛，我捨不得。」

阿嬤啼笑皆非問：「你是因為捨不得妹妹痛而哭？那你都知道她會痛還這樣！」姊姊抽抽咽咽，細說曲折心事：「她會很痛我捨不得，但是她每次都不聽我的話，我說了好多次不要了，她還是一直鬧我，我真的很煩。我也不想這樣不小心打到她，但是就是每次都會變成這樣。」

阿嬤好同情，回頭責備妹妹：「諾諾，姊姊說不要就不要了，你為什麼還不停止？難怪姊姊心煩，你這樣是不對的。」妹妹說：「人家只是想跟姊姊一起玩，姊姊都不肯。」

阿嬤回頭跟姊姊說：「妹妹因為愛你，想跟你一起玩，你當姊姊的，要愛護妹妹，不要那麼孤僻。」

姊姊停了哭，問：「孤僻是什麼？」「孤僻就是只喜歡自己玩，不肯讓別人跟她玩。」姊姊聽了又開始掉淚：「我只是有時候不跟她玩，跟她講，她也不聽，而且後來我打到她，都有跟她道歉；她先前鬧我都沒跟我說對不起，我真的很討厭她啦。」她開始演繹阿嬤前些天跟她說的成語「先禮後兵」的先後順序，越來越覺得委屈。

阿嬤只好又回頭跟妹妹說：「諾諾，那你要跟姊姊道歉。」諾諾忘了哭，跟姊姊說：「姊姊對不起。」

就在不停的「你告狀、我道歉」和哀嚎、哭鬧、辯解交織中，阿嬤日日左右調停，終至辭窮髮白，逐漸衰老下去；而這對歡喜冤家卻因滔滔雄辯，練就絕佳口才而逐漸壯大了起來。

延伸思考

兄弟姊妹吵架是尋常事，就像牙齒偶爾也會咬到舌頭。在手足失和的狀況下，大人往往忙著嚴厲究責，而疏忽了身為調和者的角色。追究責任歸屬，揪出戰犯不是首要，重要的是如何避免戰端再度發生。引導雙方各自層層探索盲點所在，一次次不厭其煩地提醒，是讓孩子藉由回溯、反省、感動而日趨成熟的方法。

風的味道很秋天

原本打算帶海蒂、諾諾兩孫女去七號公園玩。不料出門抬頭看天色烏黑，臨時徵得兩位孫女同意，就近去中正紀念堂。

餵完魚，慣常去車道下的摩斯漢堡喝玉米濃湯的，天氣好熱，只好轉往音樂廳的冷氣室去「春水堂」吃點心。海蒂邊吃點心邊萬念俱灰地問：「今天的行程就這樣？我們能去前面的沙坑玩一下嗎？」小孩真精，一有新設施，馬上逃不過她們的法眼，接著當然是一片歡樂的塵土飛揚。

回程時，站在十字路口等紅燈。晚風徐徐，好不舒適。阿公跟阿嬤說：「好像有些秋天的味道了。」小孫女馬上問：「什麼叫『有些秋天的味道』？」阿公語塞，阿嬤趕緊救援：「夏天很熱，秋天較涼，現在風吹得好舒服，就像秋天來了一樣，聞起來很秋天。」小朋友還來不及反應，綠燈亮起，阿嬤得救。

四人匆匆走過十字路口，風還是吹著。小孫女在紅磚道上跑了起來，邊跑邊回頭開心地跟阿嬤說：「風追著我跑咧。」阿嬤說：「真的欸。」小孫女笑著說：「我可以請它到家裡嗎？」兩個小孫女就在秋風裡笑著、跑著。在小巷裡，海蒂抬頭望向天空，跟大家歡呼：「你們看！有飛機哦。」諾諾也抬頭，說：「我看到一顆星星。」

回家後，兩個孫女興致不減，開始假裝打電話給剛才那名叫「小麥」的風。電話是小麥的妹妹「小米」接的，說哥哥小麥出門去了。海蒂邀請諾諾飾演的小米來家裡坐坐，小米欣然同意。小米像風一樣，很快來了。

阿嬤問小米：「你就是剛剛在路口追我們小孫女的那個風嗎？」海蒂搶著更正說：「阿嬤，不是啦！剛剛的風不是她啦！剛剛在路口遇到的風是她的哥哥小麥啦。」

海蒂發揮編劇、導演的才能，一邊編劇情，一邊像導演一樣分派角色，開始了八點檔偶像劇般的情節。不但如此，大夥兒都還得一人分飾多角，有模有樣的，搞得場面好熱鬧。最後，海蒂甚至還現買現賣，湊近小米身邊，聞著小米的頭髮，陶醉地學阿嬤說：「小米，你的味道真的很秋天哪。」

延伸思考

阿公說：「好像有些秋天的味道了。」海蒂在享受風的照拂下，開始順勢編劇，跟妹妹開始扮演，大人也湊趣尬一角，最後結束在一句詩意盎然的語言：「風的味道很秋天」中，這是一種抽象概念的詩化歷程，童言童語無意中自然轉化為詩。孩子不自覺，大人卻驚豔了。

搶著幫忙

三歲九個月的諾，莫名其妙啼哭，這也不是，那也不好。阿嬤聯想起聽說小時候的自己也常在黃昏時分，坐在門檻上，對著外頭炊煙裊裊、飛燕南飛的天空啼哭不止，讓阿嬤的媽媽大動肝火，抓起棍子追打。阿嬤後來看了些書，知道有些孩子特別敏感，是會在天色開始變灰暗時，感覺暗黑的追捕而泫然欲泣的。

因為感同身受，阿嬤坐到諾的前面，問她到底哭什麼。她淚眼汪汪的，忽然止了哭，指著阿嬤的嘴巴說：「阿嬤，你的牙縫裡有綠色的菜。」阿嬤慌忙問：「真的嗎？在哪裡？」諾忘了哭，手指著阿嬤的門牙中的一個牙縫。阿嬤說：「我去拿牙線棒，你幫我挑出來。」牙線棒來了，諾說：「阿嬤為什麼不去洗手間看著鏡子自己剔？」

阿嬤怕她又想起傷心事，沒完沒了，故意轉移焦點，說：「我喜歡孫女幫忙剔嘛！拜託啦。」由於被賦予重任，諾過來請阿嬤打開嘴巴，非常專心地幫阿嬤剔起牙來，細心又溫柔的，因此忘了哭。

晚上，垃圾車來了。兩個小孫女搶著幫姑姑的忙，爭相拎垃圾下樓。不得已，只好排順序，今天若是海蒂，下次就是諾諾，如此照順序更替已有一段時日。今日輪到諾諾。天氣冷，姑姑跟海蒂反覆問了諾諾好幾次：「諾，你今天不要下去吧，樓下很冷哪。」

諾立場堅定，不受影響。海蒂搬出許多優惠條件：「你可以拿阿嬤的相機錄影，阿嬤會幫你PO上網。」諾搖頭。「諾，不然叫阿公陪你玩，你不要下樓。」諾搖頭。「諾，你不要下去，阿嬤會拿最大顆的草莓給你吃。」諾搖頭。

「諾，你可以……」後來，眾人嘴巴才張開，還沒說出什麼來，諾已先搖頭。姑姑無奈，一屁股跌坐沙發上，說：「那乾脆你們兩個下去倒垃圾，我在家吃大草莓。」阿嬤翻白眼，也拿諾沒法子，只好任憑她去。

電梯裡，聽說諾還跟姑姑搶多點垃圾：「姑姑你太辛苦了，拿太多袋，讓我多拿一袋吧。」住同大樓的老爺爺看到，讚美她乖巧能幹。倒垃圾的時候，諾很神勇地將藍色袋子丟到垃圾車裡，清潔人員看她小小年紀卻丟得精準，齊聲喝采。

上得樓來，諾諾覺得自己成績斐然吧，興奮地大聲宣布：「今天天空上的星星好多、好漂亮喲！」海蒂越發覺得自己損失慘重了。

延伸思考

不要小看孩子的能耐，他們往往極具被開發的潛能。每個孩子的生理、心理的發展都各自不同，常常無法以年齡度衡，順性發展最自然，也常常最具成效。

孩子勇於嘗試、樂於對家庭盡棉薄之力，絕對值得嘉許，毋須因危險而設限，但得提醒如何避免風險。而規則的訂定既然經過商量後同意，除非取得共識，大人不宜率性片面修正，才能得到孩子的信任。

今之阿Q

去錄音間錄音，約莫四點回到家，兩位孫女海蒂、諾諾迎上前來歡呼：「阿嬤回來了！」讓阿嬤好開心。

阿嬤出門前，爸拔還沒送兩位小朋友過來。這時，兩人忽然看到阿嬤出現，彷若大旱之望雲霓，爭相拉著阿嬤的手參與她們的活動。一個要阿嬤說故事，一個吵著要一起拼圖。

想到晚上在孫運璿紀念館還有一場朗讀會的主持任務，阿嬤心裡有些焦慮。自知資質駑鈍，任何的活兒，評審、演講或類似的主持，不管已經準備了多久，行前都覺得還可以再努力一下。

但無論如何，阿嬤還是先分別滿足小孫女的需求，但顯然二姝還是覺得意猶未盡。阿嬤把她們兩人拉過來，鄭重地說：「等一會兒我還要去主持一個活動，如果沒有準備好，前來聽講的觀眾會生氣，說阿嬤很差勁，所以我想再看一下書，你們就自己玩吧。」

姊姊海蒂納悶問：「你不是剛剛已經工作過了才回家，太陽公公都要下班了，你為什麼還要出去？」妹妹諾諾一向唯姊姊是從，也跟風：「你為什麼還要出去？跟我們玩啦。」

阿嬤只好跟她們發誓說，回來後必全力以赴跟她們一起玩，「而且會賺錢回來。」她們終於願意相忍為「家」，放過阿嬤，自己乖乖到客廳玩去。

從夜裡的朗讀會回來，已然九點多。兩個小傢伙聽到阿嬤的電鈴聲，急急奔到後方廚房的飯桌下躲藏。

阿嬤很識相地一路從客廳、書房、姑姑的房間、玩具間、阿公阿嬤的臥房直到阿公正晾衣服的陽台，喊著：「小朋友在哪裡啊？不會在客廳吧？」不厭其煩地找這裡、找那裡。

每一聲之後，都彷彿聽到小傢伙興奮的竊笑。終於阿嬤轉頭回到飯桌下，佯裝驚詫地看到她們在桌下，三人歡聲雷動。

阿嬤不禁聯想起上次諾諾邀請在書房中寫稿的阿嬤跟她一起玩。阿嬤回頭看到她那張純真可愛的臉，忍不住對她說：「我這麼愛你怎麼辦？」

她露出納悶的臉，說：「我就在你身邊啊。」阿嬤抱了抱她。

黃昏，阿嬤在為出版社寫些字卡，阿諾又來邀請一起跳舞。阿嬤停下手邊的工作，轉過身看到矮矮的她仰著頭，一臉熱切，忍不住又問她：「我這麼愛你怎麼辦？」

她用很乾脆的語氣回：「那你就愛啊。」阿嬤親了親她。

晚上吃過飯，阿嬤又在書房寫文章，諾諾又過來：「阿嬤，陪我們玩音樂椅的遊戲吧。」

阿嬤無法自抑地又問：「啊，我這麼愛你怎麼辦？」

她很鄭重地回：「愛就抱我啊。」然後抱了阿嬤一下。

阿嬤眼眶紅了，她又說：「愛就親一下吧。」她踮起腳尖，親了阿嬤的臉。然後接續說：「愛就陪我去玩玩音樂椅的遊戲囉。」

阿嬤被又親又抱地哄，目眩神迷地、身不由己跟著走。音樂椅的遊戲原來就是阿嬤小時候玩的大風吹，只是不用口令，改成跟著音樂的旋律邊繞圈邊表演，音樂一結束，趕緊搶椅子坐，椅子數是玩遊戲人數減掉一。

阿嬤、姑姑跟兩位小姑娘共四人玩，先擺三張椅子，姑姑首輪先遭淘汰，椅子抽掉一張；接著，阿嬤跟姊姊占到位置，妹妹最後擠到姊姊坐著的椅子上。

姊姊說：「你輸了，我先坐到的。」

妹妹不服，說：「我有坐到一半。」

姑姑主持正義：「沒有『坐一半』這種事，諾就是輸了。」

阿嬤不想姑息，也介入仲裁：「諾沒先坐到椅子就是輸了，一定要坐到整張的椅子才算。」

阿諾眼看孤掌難鳴，東張西望，忽然另出新意，開心地把剛剛推到旁邊被淘汰的椅子拉回來，說：「把這張椅子拉過來就行了！我也有一張椅子坐。我們全部的人都贏了。」

目瞪口呆後的大人，不禁全都笑了。

延伸思考

人生有許多的賽局，早注定了輸贏。當年齡、體力、智力或機遇都朝另一端傾斜時，這端的弱者，該如何自處才能心平氣和呢？也許這種適度的阿Q精神可以消除許多無謂的角勝爭雄意念，也不失為自我解套的良方吧！

學會表達愛

1 我是希望姊姊快樂

小朋友跟姑姑聊天，談到最愛吃的水果。

諾諾說，她最愛的水果是芭樂、西瓜、蓮霧跟蘋果。接著看著桌上阿公削出來的芭樂、蓮霧跟蘋果，說：「西瓜現在沒有，夏天才有西瓜。」

海蒂說：「我期待夏天趕快來。」以為她也喜歡吃西瓜，結果不是。姊姊說：「因為我的生日在夏天。」

諾諾也跟風，說：「我也喜歡夏天。」姑姑說：「你的生日又不是夏天！」諾諾說：「我也希望姊姊的生日趕快來呀！」

姑姑解釋說：「你的生日是四月，還是春天，你應該期待春天趕快來才是啊。」

姊姊說：「她一定是想要得到禮物或蛋糕，我的生日她可以吃蛋糕，也都可以得到禮物。」

妹妹靠過去，嘴塗了蜜似地說：「才不是這樣哪，我是希望姊姊快樂。」

2　主動跟阿姨道謝

晚上，帶著兩位小孫女回台中，明日跟加拿大姑姑約了去不小心姨婆的東勢山上賞花。

在網路上訂票時沒留意，取票後才發現，四張車票竟分居1B、2B、3B、7B，悉數位居三人座的中間位置。跟售票口的小姐反應，其中的一個位置是給未滿六歲的孩童坐的，能不能換一張。小姐抱歉地說，今日客滿，沒辦法。無奈何，只好走著瞧。

初始，諾諾讓姑姑抱著坐2B；1B旁邊的1A沒人，海蒂沒去3B坐，就近坐1A。車到桃園，上來一位年輕太太。我跟她致歉，讓海蒂趕緊起身，為防那位太太以為海蒂是沒票占位，跟她解釋小朋友被迫獨坐的困難。那位太太人真好，馬上說可以跟我們換座位，讓我們嬤孫可以坐一起。

那位太太走到3B坐下後，海蒂坐下，問我這樣是什麼狀況。當她知道那位阿姨換座給她時，她想了想，跟阿嬤說：「我們到台中下車時，我可以先去跟阿姨道謝嗎？」

阿嬤聽了好舒心，小朋友居然想要主動去表達心裡的感謝。

當車上的廣播傳出台中站快到時，海蒂說怕阿姨先下車去，很快站起來，跟座位邊1C的叔叔借過，沒經過阿嬤的教導，勇敢地踏出第一步，去跟阿姨致謝。阿姨露出驚喜的表情回應她的熱情。這件發自內心的主動行動雖小，但真是太讓阿嬤感到安慰了。

3　諾諾的三個願望

對於即將到來的諾諾生日，二姝都充滿了期待。

每回不管是姊姊或妹妹生日，大人們都怕讓非生日的另一位太寂寥，以致變成通通有禮物的局面。

姊姊海蒂昨晚跟大家說：「我真希望諾諾的生日趕快到，我期待能得到許多禮物。」她甚至挑明禮物最好是「光之美少女的畫本」。

諾諾被提醒了自己的生日即將到來，開始表情豐富地、手之舞之地提早許三個願望。

「我的第一個願望是希望能長高到四歲的樣子。」大家都笑了，姑姑說：「你已經長得很高了，沒問題的。」阿嬤想起她每次跟姊姊搶著按電梯的樓層，只能按到下去的一樓，再怎麼踮腳尖都按不到上去的四樓，顯然這件事讓她頗介意。

「我的第二個願望是……」她偏頭尋找適當的說詞，接著說：「我希望我們的心裡都能有快樂的感覺。」阿嬤差點哭了，這孩子未免太可愛了，太會說話了，大家都給她拍手。

「我的第三個願望是……」她的眼珠子轉了轉，忽然高興地說：「我希望生日趕快到來。」好實際的希望，回歸最根本處。

姊姊聽了，似乎有些為許出太功利的願望而感到難為情。她囁嚅地補充：「其實，我也希望大家都很快樂哪！」阿嬤疼惜她，安慰她：「這次不是你的生日，你可以不必許願。何況你若得了『光之美少女的畫本』，一定會跟妹妹一起分享的，對不對？」

姊姊害羞地點頭，妹妹說：「我們一起畫『光之美少女』。」兩姊妹都興奮地大笑轉圈圈。

諾諾的四歲生日快到了，阿嬤想起這些年來的所有歡樂時光，一方面感動生命的奧妙，一方面也不免驚疑歲月如梭。阿公則很納悶地問：「這個小妞是怎麼學會這些語言的？是什麼時候跟誰學的？四歲就該是這樣嗎？」

4　真希望阿嬤也在

近日，因為復健的運動過度，右腳有點疼痛，暫停散步活動。前些天，吃過晚飯，二妹吵著要出去走走：「都一直待在屋裡很無聊欸，我們去中正紀念堂餵魚吧！」「走走也好。」阿公說。

二姝力邀，可惜阿嬤歉難陪同，只能窩居寫稿。

中正紀念堂內，闃黑一片，只有拱橋區閃著不同顏色的光。她們繞進音樂廳裡，不知從何處傳出隱約的樂音，二姝舞性大發，便當場跳了開來。據姑姑回來轉述，諾諾邊跳邊遺憾地感嘆阿嬤沒有隨行，姑姑說：「我有把她們跳舞的狀況錄起來，等會兒傳給你看。」

夜裡，阿嬤在電腦上寫稿。累了，暫時休息，看到Line上姑姑傳過來的影片，便下載來看。音樂廳已開始打烊，廳內流瀉著悠然的樂音，二姝在人去樓空的寬闊堂內翩然起舞，舞到中途，諾諾忽然停止，垂下頭來，失落地說：「真希望阿嬤也在。」阿嬤看到此處，心都融化了，眼淚差點掉了下來。

次日問她：「阿嬤在那裡有什麼好？」諾諾跟海蒂齊聲說：「阿嬤在，比較好玩。」「怎麼好玩？」「阿嬤會跟我們一起跳。」

於是，幾天後的一晚，聽阿公說打算去永康公園走走，阿嬤腦海裡便迴旋著這句：「真希望阿嬤也在」的天籟般的聲音，決定忍痛作陪。孫女們聽說了好開心，一路上，還小心翼翼拉著阿嬤的手，怕阿嬤跌倒。（有那麼老嗎？）不時問阿嬤：「現在會痛嗎？」

人生原來只是這樣，你陪我，我陪你，只要都「也在」就好了。

延伸思考

鼓勵孩子勇敢踏出釋放友善的第一步，未雨綢繆，將來容易站到人際網絡的加分位置上。

快樂的時候，孫女驀然竄出的一句：「真希望阿嬤也在。」告訴我們，和孩子同歡樂或共承擔的分享，將帶來何等強大的靠近力道。而示愛也許只是一個動作或一句話，卻足以潤澤人際，撼動人心。一句話勝過千言萬語，就算鐵石心腸，瞬間也都不禁化為繞指柔。

希望她們將來既相親也相愛

帶著孫女回潭子老家共住了幾日，日夜相隨，萌生強烈的黏著感。

星期一，姑姑要上班，海蒂要上學，所以，星期日晚上必須由姑姑先帶著兩位小朋友回台北。

接近黃昏時分，阿嬤忽然感到心焦，細想起來，是因為綢繆了兩日的小傢伙要先行北上了。其實，阿嬤兩晚都沒睡好，時而醒來察看小傢伙們踢被沒；時而被睡在旁邊的妹妹用力蹬一腳、捶一胸。但晝夜相處，變得纏綿。

在書房裡，阿嬤跟小朋友說：「怎麼辦？阿嬤心裡好難過。」二妹異口同聲：「為什麼？」

阿嬤說：「阿嬤想起等會兒你們就要回台北，心裡傷心。」海蒂說：「不是還有阿公陪你？」

阿嬤說：「阿公還不夠，阿嬤愛你們，捨不得你們走。」諾諾說：「還有姑姑啊。」

阿嬤說：「姑姑要帶你們回去啊。」說著，不知怎地，阿嬤的眼睛忽然泛淚。

二妹睜大了眼看著阿嬤，海蒂一時莫知所以，面帶憂戚，默默退到一邊；諾諾立刻奔進阿嬤懷裡，說：「那你可以跟我們一起回去啊。」一邊說，一邊緊緊抱住阿嬤，還幫阿嬤擦眼淚。

阿嬤只好堅強起來，說：「阿公跟阿嬤後天還得一起去高雄，所以，不跟你們回去了。你們要乖乖聽姑姑的話；姊姊要幫忙姑姑照顧妹妹，緊緊拉住她的手，別搞丟了妹妹。」姊妹兩人因之提前在阿嬤面前牽了手。

海蒂心思細膩，很內斂，表達愛的方式比較迂迴；諾諾打小會撒嬌，動不動會跑過去，抱抱阿公，稱阿公是她的「愛人」。海蒂看在眼裡，發現諾諾的表現常常博得關愛的眼神，可能也不無羨慕。前些日子，阿嬤發現她竟然也奔去跟阿公說：「阿公抱抱！」然後靦腆地讓阿公抱她，也用力回抱阿公，阿公大受感動，全家人都為她熱烈鼓掌。

延伸思考

雖說，手足各有不同性情，看似妹妹凡事模仿姊姊，也不時和姊姊角勝爭雄；但其實熱情洋溢的妹妹，正以其獨特的開朗牽動著婉約靦腆的姊姊趨向活潑開放，姊妹相互影響，阿嬤好希望她們將來既相親也相愛。

角色扮演的體驗遊戲

阿嬤嘔氣出門開會。

事情是這樣的：約莫凌晨兩點左右，阿嬤臨睡前，瞥見攤放客廳的瑜伽墊，覺得有必要清潔。於是，暗夜中跪地勤奮於浴室刷洗，邊洗邊自讚：賢慧無人能及啊。

早上，在浴室裡想起，忍不住大聲跟阿公討拍：「你知道我臨睡前做了什麼事嗎？」

阿公懶洋洋附和：「做了什麼事？」

阿嬤說：「我洗了瑜伽墊，刷得乾乾淨淨。」

沒聽到阿公的回應，阿嬤以為聲音不夠大，提高音量又說了次：「洗了瑜伽墊！」依然靜音。阿嬤又說了一遍，還是沒回應。

阿嬤跑出浴室，對著正給血壓計加壓的阿公說：「我說洗了瑜伽墊，你沒聽到嗎？」

阿公居然說：「聽到了。」

「聽到了為什麼不回答？你怎麼跟諾諾一樣。」

阿公嘟囔著：「囉哩囉嗦的。」

阿嬤自尊心嚴重受損，決定不喝桌上那杯阿公煮的咖啡就出門，以示抗議。沒料到阿公先聲奪人，搶先一步說：「我出門辦事去囉！」阿嬤沒搶到抗議頭香，氣憤加倍。

中午，刻意不打電話回家，在齊東詩舍和楊翠、廖振富館長吃主辦單位準備的便當。回家時，兩位小孫女已經來了。阿嬤冷著臉避開阿公的眼神，不回答阿公的任何提問，帶著她們上公園玩。諾諾問：「阿公不一起去嗎？」阿嬤自作主張：「阿公不去，他要休息。」

到了公園，敏感的海蒂想是聞到不尋常的氣息，問：「阿嬤為什麼都不跟阿公說話？」阿嬤將始末簡單跟兩個孫女說了，然後問她們：「你覺得阿公是不是很不禮貌？」

諾諾毫不遲疑回：「我覺得阿嬤比較不禮貌。」阿嬤大吃一驚問原因，諾說：「阿嬤不應該生氣。」喝！這麼護著她的愛人，難道世界再無公道？

於是，阿嬤決定跟孫女玩體驗遊戲。一個演阿公，一個演阿嬤，由真阿嬤先上場飾演阿嬤，她們分飾阿公。小朋友開心極了！

阿嬤從遠處喊：「阿公，你看我有新玩具哦。你知道是什麼玩具嗎？」阿公看書不理會，阿嬤大聲講三次，阿公都不理。阿嬤不得已跑近，大聲又說了一次，阿公不耐煩說：「聽到了，囉哩囉嗦的。」然後阿嬤頓腳，生氣地扭頭走掉。

小朋友飾演阿公後，接著飾演阿嬤，三人輪流，玩得好開心，欲罷不能。她們的表演相當逗趣，阿公的漠視，阿嬤的氣憤都演得很到位。遊戲結束，阿嬤問：「阿嬤該不該生氣？」海蒂很快回說：「應該生氣。」

諾諾遲疑了一會兒，也低聲跟著說：「應該。」我想，她是從遊戲裡的「阿公」，看到了自己。

延伸思考

戲劇的理論中有「遊戲說」，認為戲劇源自遊戲；遊戲則來自角色扮演。孩童天生有遊戲的需求與渴慕，教育小孩，與其空口講道理，不如說故事或讓他跳脫自我，走上舞台，利用角色扮演，將心比心，會有意想不到的效果。

祖孫過招

1 見過世面的海蒂

勞動節，姑姑放假在家。

諾來了，先是阿公千方百計遊說一起去睡午覺，不成，阿公轉頭去獨睡；接著是姑姑誘導入睡，也未成功。

小妮子正經八百說明不睡的理由：「我們女生不擅長睡覺。」蝦密！那誰擅長睡覺？「男生才擅長睡覺。」「請舉證。」阿嬤說。「阿公跟爸拔啊！阿公每天去睡午覺，爸拔早上叫不起來。」小傢伙真觀察入微。

下午茶時間，姑姑煮咖啡，阿嬤幫諾諾倒番茄汁，剝巧克力蛋捲的塑膠包裝。

下午茶過後，諾諾拿著從洗手間洗好的杯子，很欣慰地說：「我們互相幫助真好。」阿嬤問：「互相幫助，誰幫誰？」「你幫我，我幫你啊！你幫我兩件，我幫你三件。」

阿嬤問：「我幫你哪兩件？我都忘了。」「你幫我剝蛋捲包裝跟倒番茄汁啊！」

「那你又幫我哪三件？」諾毫無窒礙地說：「剛才我不是幫你洗了你早上喝咖啡的杯子！還幫你倒咖啡粉，還洗了我剛剛喝了番茄汁的杯子。」

洗你自己喝果汁的杯子也算幫我的忙？「我洗自己的杯子後，你就不用幫我洗，這不就是幫你的忙？」諾理直氣壯回答。

去接海蒂下課時，因為鵠候公車，拿臉書文章分享給她。事後問她對妹妹說的「女生不擅長睡覺」的論點同意否？

海蒂略為思考後說：「我覺得只是我們家的男生比較愛睡覺而已，別人的阿公或爸拔不一定愛睡覺吧？」

爸拔聽了，下了結論：「長了一歲多、又已上學的海蒂，果然世面見得比妹妹多了些。」

2　幸好沒有嫁給壞人

小諾拿了阿公畫的圖來給阿嬤看。嘖嘖稱讚：「阿公畫得好棒。」阿嬤指著先前應她之邀畫的小童圖畫，問：「那阿嬤畫的呢？」她又認真看了一眼，評論：「阿嬤畫得比較普通。」她還具體說了普通的原因：「因為線條太簡單了，都直直的，阿公還畫彎彎曲曲的，很漂亮。」阿嬤瞠目結舌：「喔，這樣哦？」小諾安慰阿嬤：「沒關係啦！因為阿公本來就是畫家。」

阿嬤說：「阿公本來不是畫家，是科學家。」諾很驚訝問：「什麼是科學家？」阿嬤說：「阿公原本是做飛彈的。」諾進一步問：「飛彈是什麼東西。」阿嬤說：「飛彈就是在天空飛，然後可以爆炸，摧毀房子的。」

諾吐了舌頭，悄聲問：「那阿公……阿公是壞人嗎？」阿嬤發現說錯話，趕緊補過：「飛彈是為了防止壞人來做壞事的，如果壞人攻擊我們，我們也有飛彈，壞人就不敢來搗蛋。」

諾諾鬆了口氣，換上敬佩的口氣說：「我知道了，阿公是好人，他是為了保護我們。」阿嬤也鬆了口氣，幸好沒有嫁給壞人。

3 你會告訴阿公嗎？

昨日帶兩位小孫女去中正紀念堂內吃飯、餵魚兼看盛放的櫻花。諾諾錯過午睡，精神不濟，由阿公先拎回家。姊姊緊捏著手上的小錢包，說是要買雞塊請阿嬤吃。阿嬤享受難得的招待後，神清氣爽地和姊姊邊走邊談。

姊姊循聲找到長廊上吹喇叭的人，指給阿嬤看。阿嬤問：「你知道他為什麼跑到這裡來吹喇叭嗎？」姊姊不假思索回：「因為他在家裡吹喇叭，會吵到鄰居，鄰居會不高興，到這裡可以亂吹。」亂吹？意思是大聲吹嗎？

走啊走的，一路上看到好多人推著老人進到園內來。阿嬤又問：「你有沒有看到有好多老人被推到這裡來？為什麼他們到這裡來？你知道嗎？」姊姊說：「因為這裡有很多椅子可以坐。」阿嬤笑起來說：「老人坐在輪椅上就行，幹嘛找有椅子的地方？」姊姊說：「坐輪椅的人不會自己推，有人推著他們，推的人到這裡就可以坐在椅子上跟坐在輪椅上的老人講話啊。」這點倒是阿嬤沒想到的，阿嬤甘拜下風。

阿嬤又問：「除了有椅子可以坐以外呢？還可能是什麼原因？」姊姊說：「這裡有樹木可以乘涼，有美麗的櫻花可以看……還有，可以看小鳥、松鼠，也可以餵魚。」

阿嬤續問還有嗎？姊姊想了想說：「如果推輪椅在馬路上逛很危險，這裡不會出車禍，也不會擋到其他車子的路，很安全。」

阿嬤大讚她聰明，超厲害。她問阿嬤：「你回去的時候，會告訴阿公嗎？」阿嬤問：「告訴阿公什麼？」姊姊說：「告訴阿公我很聰明啊！」「哦！那是一定要的啊。」阿嬤回答。

姊姊笑了！看起來她很滿意這個肯定的答案，阿嬤加碼演出，不但告訴阿公，也PO上臉書。

4 阿公、阿嬤辛苦嗎？

阿嬤想讓兩個孫女知道阿公、阿嬤每星期擠出時間來陪伴她們的辛苦。諾諾一個人在家的時候，阿嬤略為試探一下：「諾諾，你知道阿嬤帶你們兩個小孫女很辛苦嗎？」諾諾不假思索飛快回說：「不辛苦啊！」阿嬤有些失落，故意說：「你確定不辛苦？為什麼？」諾回：「因為我們兩個都很可愛啊，而且你們也可以跟我們去中正紀念堂餵魚。」阿嬤笑了。

黃昏，阿嬤單獨去學校接姊姊海蒂下課，在公車上也拿同樣的問題問海蒂。海蒂說：「知道啊，阿公阿嬤要做飯、做功課、去演講，還要陪我們遊戲，很辛苦的。」她停了一下，說：「但是，你們很快樂，覺得很幸福，因為有我們。」

兩個略顯不同的答案，是因為年紀的關係？社會化程度的深淺？抑或性情的差異？阿嬤有些納悶；但幸運的是，她們都不約而同肯定了我們對她們的愛。

延伸思考

表情達意的訓練如果能打小就開始，長大了，就省下碰撞成滿頭包的困境。練習不必刻意挑時間，隨時隨地都是機會。方法很簡單，引導孩子看見生活中的細節，進而追問原委讓她們用腦思考，自己試著做歸納分析，大人只要不吝稱讚他們的洞察力，大人小孩時相切磋，彼此都有進境。

生日趴預習

吃過晚餐後，孫女要求看電視。阿嬤說：「電視看太多，腦子會故障。」不許。海蒂說：「如果不能看電視，那阿嬤得跟我們玩遊戲。」於是，開始我們的搭郵輪旅遊預習。因為過幾日後，阿公、阿嬤跟姑姑要去搭郵輪旅行。

在郵輪上開趴是戲碼之一，阿公今早買了一小條瑞士蛋捲正好派上用場。以往什麼東西都用假裝的，輪船票、行李、蛋糕、汽水、餅乾……甚至人物關係也都是假裝的——媽媽是阿嬤假裝的，姑姑假裝是大姊，海蒂假裝是二姊，諾諾不用假裝地成為小妹。

蛋糕是真的之後，果汁也是阿嬤拿潭子老家摘的金桔加蜂蜜製成；諾諾有意思，她興奮地說：「不用假裝是生日趴了，因為明天就是姊姊生日，只要假裝是明天就可以了。」

於是，也有現成的壽星，小朋友還機靈地翻出小蠟燭，阿公找出長把手的瓦斯打火機，一切都變成真的，阿嬤也取出相機，關上燈。

開始唱生日快樂歌，海蒂許兩個心願後，正思考第三個，沒料到諾諾老氣橫秋說：「第三個願望不要說出來，藏在心裡。」海蒂只好附在阿嬤耳邊說：「第三個願望跟第一個一樣。」至於第一個願望是什麼，是海蒂跟阿嬤的……祕密。

開趴是二妹繼「廚房做飯遊戲」、「醫生組看病遊戲」、「陌生人詐騙小孩遊戲」之後最熱中的。她們從遊戲中，學習各項禮節，了解搭郵輪或飛機必備的資料與必經的程序。諸如護照、通關、點餐、看表演、到甲板上對著大海攝影，或糾眾唱生日快樂歌，有人在身旁拉小提琴、吹笛子。小朋友時而充當旅客，時而化身空中小姐或服務生，有模有樣地廣播注意事項。她們還沒搭飛機前，先認識了搭飛機的種種知識；沒搭輪船前，先瀏覽了船艙的結構、活動，從遊戲中開心地學習，利用虛無的道具或形似的東西，搬演她們尚未見識的人生，煞是有趣。

延伸思考

類似的party（趴），幾乎無日不有之。隨著小朋友的閱讀及生命經歷，趴的地點，從飛機、輪船的海外豪華旅遊趴，到台灣風景區的民宿趴；由白天的跳舞歌唱趴，到夜晚棉被裡的故事趴；由動物的嘉年華會到學校的慶生歡會。且說、且歌、且舞，小孩子開趴照應現實生活，也活絡並穿透時空的無限想像。

愛的排行榜

暑假期間，兩位小孫女常被送過來，由阿公、阿嬤代管。

晚間，姑姑回來了，諾諾要大家猜屋裡的四個人，在她心中愛的排行榜。「第一名是誰？」阿嬤、姑姑、海蒂都直指阿公，諾諾笑著點頭。「第二名呢？」其他三人都指向姊姊海蒂，諾諾也爽快說：「答對了！」第三名呢？阿嬤好緊張，大家深怕心靈脆弱的阿嬤淪為最後一名，會備受打擊，都不敢猜，要諾諾自己公布答案。

諾諾賊笑著、延挨著，然後，大聲宣布答案：「第三名是姑姑。」阿嬤佯裝崩潰大哭。諾諾朝阿嬤安慰：「不要哭，最後一名有獎品。」她轉身從寶物箱內取出一顆彈珠送給阿嬤，說是安慰獎的獎品。

阿嬤啼哭不止，嚷著：「誰要獎品啦？我好可憐！」諾諾又趴在阿嬤耳邊說：

「你忘記了，我最愛你，我是跟你開玩笑的啦，好玩嘛。」阿嬤破涕為笑。（到底誰是大人？誰是小孩啊？）

這之後的一個月期間，諾諾愛的排行起起落落的，不時更動著。接著，阿公、阿嬤和姑姑帶著兩位小孫女去香港迪士尼旅行。下了飛機，搭計程車前往旅館途中，不知為何，諾諾忽然決定將阿嬤升格，變成她的「愛的排行榜」冠軍，阿嬤聽了樂不可支。

入住香港好萊塢酒店時，約莫是午後兩點鐘，兩個小朋友雀躍不已，直嚷嚷馬上往迪士尼進軍；但阿公為防去迪士尼遊玩時，兩位娃兒精力不濟，主張先讓二姝午睡片刻。豈知，可能搭機興奮過頭，累斃了，這一睡竟然叫不起來，威嚇、利誘都不管用。眼見時間一分一秒過去，迪士尼就要關門了，不得已將二姝強行拉起來。

海蒂沒異議，只愣坐一會兒就恢復；諾諾啼哭不止，花了好多時間安撫才勉強罷休。在迪士尼，姊妹倆玩得超開心。搭了太空飛碟；騎了旋轉木馬；看了米奇《幻想曲》音樂短片；還排隊跟灰姑娘和蘇菲亞公主照相，另外，有備而來，拿出紙筆請公主簽名；夜裡還看了各種迪士尼角色扮演的絢麗遊行；在大街市集吃米奇雪糕；皇室宴會廳吃晚餐。有吃、有喝、有得玩，真是開心極了。

晚上入睡前，五人坐床上檢討一日活動。海蒂說真是太棒了！諾諾出乎意料之外，嘟著嘴說：「哼，都是騙人的。」驚詫之餘，問她為什麼？諾諾答：「不是說遊行會有艾莎和安娜嗎？根本就沒有。」

阿嬤並不確知遊行中有無《冰雪奇緣》裡的艾莎和安娜，因為人潮洶湧，我們怕等到遊行全程結束後，一定會人擠人，並沒有全程參與。但對諾諾為了小疵抹煞大瑜的說法頗不以為然，不禁想起久遠前的往事。於是，跟小朋友們說了個小故事：

「你爸爸、小姑姑和舊金山阿伯、蕾蕾姑姑從小一起長大。常常是阿公和阿嬤帶著他們一起出去玩。因為玩得太開心，每到黃昏要結束行程時，小朋友都要求再多玩一下。一下又一下，直到大人不耐煩地趕他們上車。舊金山阿伯年紀最大，最會擺臉色給大人看，臉臭得全車都聞到了。明明一整天玩得好高興，卻在這時候耍賴說：『今天一點都不好玩。』然後賭氣不說話或哭泣。阿公氣了，威脅要他下車。……」聽到這裡，海蒂忍不住插嘴問：「等一下，是誰叫他下車的？」阿嬤被拆穿將不理性行為誣賴給阿公的事實，只好招認其實是阿嬤自己威脅的。故事繼續。

「結果，舊金山阿伯居然真的下車。後來，阿嬤只好叫你爸爸去請他上車。」諾諾這時插嘴：「阿伯不是爸爸的哥哥嗎？哥哥不是應該比較乖嗎？為什麼要弟弟去叫他回來？」

「有時候是會這樣的啊，你姊姊有時候不是也會耍賴？也常會生氣？」這個例子舉得實際，諾諾很快理解了。

阿嬤接著進行主題教育：「所以，為了沒有看到艾莎和安娜就說這個下午的遊樂都是騙人的，這樣對嗎？」諾諾低下頭，不敢辯駁。

阿嬤決定加碼調教：「還有，像你下午哭個沒完沒了，可不可以告訴我們是為了什麼？」

諾諾茫然地說：「我也不知道。」接著，老里老氣補充說明：「應該是起床氣吧？」

阿嬤說：「睡醒有一點起床氣是沒關係的，每個小孩都難免；但不能那麼聲嘶力竭，也不該持續那麼久。希望你下次能縮短起床氣時間，一次比一次短，最後完全克服，一點都不生氣。否則，如果下次照這樣哭個沒完，我們會直接走人，留你一個人繼續在旅館裡睡到飽。」

阿嬤說完後，諾諾要求把這個故事再說一遍。「再說一次要幹嘛？要弄清楚你的事跟舊金山阿伯的事有什麼關係嗎？」諾諾點頭。阿嬤於是又仔細說一遍，另外還添加一些枝節，最後強調：「記住，如果還一直哭，真的就不讓你去，我們自己去玩囉。」

海蒂心疼妹妹，怕妹妹太擔心吧，直接戳穿大人的謊言：「阿嬤騙你的啦，她不會這樣做的。」

諾諾深深看了阿嬤一眼，跟阿嬤說：「你如果繼續這樣騙人，我就要來改變我的愛的排行榜了。」

延伸思考

當稚齡孩童因為生理上的不舒服，陷入情緒失控的當下，若欲強行壓抑，結果往往適得其反。這時「忽視」會是策略選項之一。等彼此都心情恢復後，再設法引導他回溯先前確切的感受；再輔以說故事的方式類比，來進行勸說，往往比直接指斥來得有效。而如果說的是孩子熟悉人物的故事，有具體比附對象，更能引發興趣與共鳴。

實話實說也兼顧人情味

媽媽要爸拔幫姊姊剪指甲。阿嬤說：「剪指甲不是阿公的專利嗎？阿公剪了幾代人的指甲了，超有經驗的。」阿公被誇得，得意忘形吧，昨晚迫不及待在民宿外的7-11買了新的指甲刀。剪了姊姊的指甲，不過癮，連諾也抓來剪。

諾躺床上，阿公側身坐床沿，只聽忽然「哇」地一聲大哭，原來剪到手指。諾哭聲震天，三個大人，止血的止血，找藥的找藥，包紮的包紮。諾望著OK繃包紮好的手指，破涕為笑說：「你們看，這隻手指現在是不是像吹風機？」原來阿公把凸出指尖部分的OK繃壓扁，就像吹風機扁扁的出口。於是，諾豎起中指開始追著人吹頭髮，一場悲劇轉成喜劇。

後來，在紅磚屋洗手，阿嬤看到她不知何時拆下OK繃的中指，血跡猶存。跟諾說：「怎麼辦，回去怎麼跟你媽交代，阿公剪到你的指頭？」諾不知「交代」是什麼意思吧，沒說話。阿嬤出主意：「就說剪指甲時，不小心動了一下。」

諾立刻問：「是誰動了一下？」阿嬤說：「阿公會很慚愧，要不要就說是你動了一下？」諾說：「但是，我沒有動啊。」阿嬤說：「是阿公動了，但他會很不好意思吧。」諾說：「那我的鼻子會變長噯，不好吧？」好吧！我們就說實話吧。

約莫一年後，颱風季來了，老家一棵筆直沖天火箭似的小葉欖仁，約莫有三、四層樓高了；若因颱風傾倒，可不是鬧著玩的。阿公趁著阿嬤去剪髮，偷偷架梯用長鋸砍掉高處一枝，證明寶刀未老，在阿嬤回家後，沾沾自喜，將英勇事蹟話說從頭。

小孫女嘟囔著指甲太長，阿公向來主司全家大小剪指甲之事，幾十年來從未失手。自上回在民宿裡失手一回，藉口新買指甲刀用不慣卸責，幸而孫女只節制哭了一下下而已。

這回，他順手拿了一把大的指甲刀，可能還沉浸「方才仍是一條龍」的欣喜中，忽然先聽阿公慘叫（不是孫女）一聲，兩秒後，諾諾才大哭失聲。阿公再度失手！家裡一時找不著OK繃，阿嬤奪門而出，去超商急買，順手買了一枝牛奶冰棒，另一枝巧克力冰淇淋。回到家，為了止血及止哭，孫女獲得看卡通補償及冰棒一枝；海蒂沾光，也看電視並吃冰淇淋。阿嬤宣布：「以後只要被剪到指肉，一切福利都比照辦理。」二孫竊笑。

阿公好沮喪，說：「阿公老了，眼睛不行了，以後都不能幫孫女剪指甲了。」阿嬤回頭問諾：「下次還敢讓阿公剪指甲嗎？」諾低頭吃冰棒，沒回答。阿嬤跟阿公說：「你完蛋了，孫女以後都不敢讓你照顧了。」阿公垂頭喪氣，諾諾見狀，大聲護阿公說：「除了剪指甲以外的事都還是可以啊！」孫女算是沒白疼了，阿公應該覺得好窩心。

阿嬤沒放過阿公，揶揄他：「我看你就專心砍大樹，剪指甲就讓年輕人來做吧。」《孟子．梁惠王上》：「明足以察秋毫之末，而不見輿薪。」阿公是「力足以砍大樹之頂，而不能剪孫女之指」。

延伸思考

是非分明是兒童的特質，她們不懂得大人掩飾閃失的不得已，主張實話實說；但這並不代表她們沒有人情味，雖然因為失手，導致孩子陰影罩頂，不敢讓阿公再度嘗試，但阿公表現的老之喟嘆及灰心喪志，讓她心生不忍，於是轉過來安慰阿公以後其他必須借重的事還多，真是讓人好安慰。她明顯學會做人，雖體貼阿公的失落感，照應了阿公的自尊與信心，但仍有所堅持，溫柔堅定地顧全自己的人身安全。

家裡來了兩個孟子的私淑弟子

《孟子．滕文公下》有這樣一段對話：「公都子曰：『外人皆稱夫子好辯，敢問何也？』孟子曰：『予豈好辯哉？予不得已也。』」孟子的愛抬槓已是眾所皆知。

最近，阿嬤家忽然莫名其妙出現兩位孟子的私淑弟子，且容阿嬤慢慢道來。

二〇一九年夏天，阿公、阿嬤跟姑姑帶著兩位小孫女去香港迪士尼玩。這趟旅遊正當熱浪襲擊，小孫女小小年紀跟著阿公、阿嬤跟姑姑在炎陽下，每日步行八千多步，不但從不言苦，而且不吵鬧、不喧譁，守秩序、有禮貌，相較於滿園子紅著臉瞎跑、搶位子、哭鬧不休的同年齡孩子，表現堪稱一百分。

她們不言苦，不是感覺遲鈍，只是表達婉約。諾諾走著、走著，只看著遠方的道路說：「如果是這種狀況，我爸拔通常都會帶著娃娃車來。」姊姊只在第二天搭小火車遊園時，很有感地連續說兩次：「今天能搭火車真是太好了。」她們用正面的鼓勵和期許評價大人。

三天的旅行活動，兩個小朋友都很滿意。吃飯時，嘖嘖稱讚飯菜好吃，統統將碗裡的東西吃光光；看到旅館鋪著白床單的大床，歡呼：「真是太舒服了！」出去玩遊戲時，常說：「這個遊戲比上個遊戲更好玩。」而上個遊戲已經說過：「好玩極了。」

到桃園機場後，阿嬤問：「這趟旅行滿意嗎？好不好玩？」二姝異口同聲：「好好玩，很滿意。」阿嬤又問：「下次阿公、阿嬤出國時，你們要不要跟？」姊姊很直接快答：「要。」妹妹賊賊說：「讓我想一想。」阿嬤不理她，問：「如果想跟的，要先報名。」姊姊飛快報名，妹妹搞怪問：「下次是什麼時候？」阿嬤說：「還沒決定，但報名請早。」妹妹裝腔作勢：「那我明天再報名吧！」阿嬤說：「過了今天就表示意願不高，不想跟，直接作廢。」

諾諾這下不敢再拿喬，但還是語調舒徐說：「那我就現在報名吧！」阿嬤說：「聽這口氣很不情願，我想你是不得已才報名的，那就算了吧！我們下次就只帶姊姊去吧！」妹妹一聽，立刻自找台階下：「不然，用舉手報名吧。」阿嬤也不是剛惸自用的人，立刻採納意見：「好吧，那就採用舉手報名的，看誰舉得快，就讓跟。」阿嬤的問題還沒講完，二姝都已經把手舉得高高的，報名於是圓滿截止。這局，阿嬤跟小朋友不分輸贏，打成平手。

前幾天，阿嬤打算帶兩個小孫女去外頭晒太陽、騎腳踏車。話沒說完，海蒂跟諾諾兩人歡呼之餘，馬上付諸行動，騎出置放在儲藏間的小腳踏車，作勢出門。

阿嬤猶然據守電腦前，姊姊放下車子，到書房催促阿嬤；諾諾不堪車子被姊姊的車子所阻，哀哀叫：「不要擋我的路啦，姊姊的車子擋到我啦。」姊姊在書房等候阿嬤關機，不理諾的哀號。

妹妹不堪久候，開始鬧脾氣：「算了，我不要去騎車了。」把車子扔下，坐沙發上生氣。阿嬤知道諾諾可能是沒睡午覺，不自覺地胡鬧，也不特別糾正她。

到了晚間，全家人愉快玩著遊戲，阿嬤才提起午間的事。問諾諾：「午後，為何生氣，鬧到沒完沒了？」諾諾怪姊姊，姊姊海蒂不服：「我是去請阿嬤帶我們出去玩，又不是故意擋你。」阿嬤讓諾諾跟姊姊道歉，諾諾心不甘情不願地敷衍，阿嬤警告她：「下次再這樣，阿嬤就只帶姊姊出去，把你留在家裡。」諾諾倔強說：

「那我以後就不跟你們出去玩好了。」

於是，阿嬤跟諾諾展開一連串的攻防。

「你不跟？你自己一人在家裡？」「放心，我會打電話請爸拔來接我。」

「家裡沒有室內電話，大家的手機都各自帶出去了，怎麼辦？」「我會用電腦打。」

「阿嬤的電腦會關機，你沒密碼。」「我用姑姑的電腦，她的電腦常開著。」

「阿嬤會叫姑姑以後出門前要關機。」「沒關係，我可以叫 Uber。」

「叫 Uber 要用什麼？」「用手機。算了，那我下樓去巷子口招計程車。」

「坐計程車需要什麼？」「需要錢。那我先回我家拿錢。」

「是齁，你進得了你家嗎？」「啊，我沒有鑰匙……那我坐計程車去『行冊』，叫爸拔付錢。」

「小朋友自己搭計程車安全嗎？會不會遇到壞司機，被抓去賣掉……」「那還是算了，我乾脆就留在家裡。」

「你可以自己留在家裡，沒問題齁？」「我不會自己留在家的，我會纏著阿公，讓他跟我一起留著，或者請他帶我出去。」

「阿公不會聽從不乖的小孩的。」「那沒關係，我會自己下樓跟蹤你們。」

天啊，怎麼有這麼倔強的孩子。阿嬤乾脆跟她直白說了：「你就不能說我以後不會隨便亂哭鬧了，這樣愛辯。」諾諾這才敷衍說：「好吧，那我以後就不亂發脾氣啦。」阿嬤總算鬆了口氣。

過了幾天，諾諾又來到阿嬤家。我們笑談著，阿嬤說：「諾諾真會狡辯，像那天你雖然後來說不會亂發脾氣，但看起來很沒誠意，口氣很無奈，也沒跟大家說對不起。」諾諾閒閒說：「應該是做錯事的人才要說對不起吧？」

阿嬤吃了一驚：「難道你認為做錯事的人不是你？」「不是我。」「不然是誰？是姊姊嗎？」「也不是姊姊。」「那麼，請問做錯事的是誰？」諾認真面對阿嬤說：「是阿嬤。」

阿嬤不防有這一結論，瞠目結舌。諾諾回：「就是阿嬤慢吞吞，姊姊才會去叫你，車子才會堵到我，我才會生氣。如果阿嬤跟我們一樣，動作很快地跑出來，姊姊就不用放下車子去叫你，姊姊不堵到我，我就不會生氣了。所以，該道歉的是阿嬤。」

所以，重點是阿嬤動作太慢，拖拖拉拉？看來這局諾諾明顯占了上風。

可是，可是……我們家怎麼會出了這麼些個跟孟子一樣百般「不得已」的雄辯家呢？

延伸思考

早年，比較鼓勵孩子聽話，大人甚至認定回嘴就是挑釁。時代思潮逐漸趨向平等、自由，威權開始解體。在可能的範圍內，長輩應該盡量允許孩子對自己的失控行為有申辯的空間，以落實民主的精神。何況，有根據的說理，可以激發多元思考與反省，長大後較能理性論述、說理，培養多角度解決問題的能力。

遠離孤獨與寂寞

小孫女諾諾五歲生日時，對著姑姑送的佛朗明哥舞孃蛋糕許願：「一是希望大家每天都很高興，二是希望大家每天都很快樂，三是祕密，不能說。」

阿嬤問她：「你許了兩個願望，一個是高興，一個是快樂。高興和快樂有什麼不同？」

諾諾說：「高興是很開心，快樂是更開心。」大家都驚訝地笑了。

每年二妹不管哪一位生日，阿嬤除了給壽星禮物之外，另一位不管是姊姊或妹妹，也都能同樣獲得禮物。

阿嬤跟她們倆解釋：「因為如果只有壽星得了禮物，怕另一位看了會覺得寂寞心酸，所以，兩人都有禮物，希望一起共度並分享喜悅。」

媽媽聽到諾諾對「高興」和「快樂」的詮釋，覺得既有理又有趣；心血來潮問了「寂寞」和「孤獨」有什麼差別？

海蒂搶著回答說：「孤獨是一個人安安靜靜，寂寞是一個人安安靜靜，但很多人在旁邊玩。」舉座都被嚇了一跳，海蒂三歲時在幼兒園曾被同學孤立，這莫非是她從切身經驗中悟出的感受？

幸好，家人當時很快發現，也及時處理了。如今，兩個孩子每日在家裡快快樂樂地跟父母示愛，跟外婆、阿公、阿嬤歡喜撒嬌，旁邊還有舅舅、姑姑守護。

阿嬤在諾生日前一天跟他父母親 Line 上的例行報告中說：

「帶小朋友去選玩具，諾跟爸拔小時候一樣，舉棋不定。等到阿嬤說：『如果都不滿意，那阿嬤明天自己去玩具反斗城幫你挑，晚上再帶去爸爸的餐廳「行冊」慶祝。』諾才說：『我已選好了，就是剛剛看到的那個烏克麗麗』。」

玩具烏克麗麗只有簡單的三條弦，一枝一百九十九元；姊姊海蒂倒選了五百多元的遊戲組禮物，說是可以跟妹妹一起玩。回到家，諾諾拿了一張小板凳坐著，跟著錄音機裡的音樂煞有介事地彈了很久。

阿嬤在書房聽到烏克麗麗發出模糊的樂音，有點慚愧禮物的寒酸，但她顯然滿意；之後跑到書房告訴阿嬤：「我的決定是正確的。」她指著那把烏克麗麗的琴身，說：「阿嬤，你看，它的紋路是美麗的木頭捏！謝謝阿嬤送給我這麼好的禮物。」阿嬤差點哭了。

阿嬤接著給他爸媽寫著：「今天很乖，就是從頭到尾很高興、很high！所以睡得稍晚。阿嬤好羨慕她們生活如此愉快，將來一定可以活得很久。」她們的爸媽在Line裡開心地哈哈大笑。

阿嬤很喜歡這樣，經常跟孫女聊天，天南地北地追根究柢。生日過後的一個星期，姊姊海蒂寫「因為……所以……」的造句功課時，造了句子：「因為有很多朋友，所以每天都很快樂。」並用很愉快的語氣跟阿嬤說：「現在我每天上學都好開心喔！我的朋友好多，下課時，都有很多同學找我一起玩遊戲。」聽到這裡，阿嬤高興之餘，又不免老師魂上身，開始跟二姝大談交友之道。

「阿嬤希望你們兩個都要做一個有愛心的人。自己有很多朋友，絕對不能聯合起來孤立別人。開心的時候，也要想到沒有朋友的人有多麼寂寞。絕不能說『不要跟誰玩啊』之類的，讓別人傷心。如果交了很多朋友，要請這些好朋友不要排斥跟沒有朋友的同學一起玩。」

阿嬤不想重提海蒂的曾經之痛，乾脆舉出自己小時候被同學孤立的痛苦。

海蒂問：「當時，你沒有告訴老師嗎？」

「沒有。」

海蒂續問：「為什麼你不去告訴老師呢？」

阿嬤說：「那時候的阿嬤小小、傻傻的，因為剛轉學到新學校，跟老師不熟，不好意思跟老師說，也覺得跟老師講是沒用的。」

「那你有沒有回家告訴你媽媽呢？」海蒂又問。

「有啊！但是我媽媽很忙，她只告訴我：『你不要理他們就好了』。可是，我好想跟他們玩，不理他們，心裡還是難過啊。」

「後來呢？後來問題解決了嗎？」海蒂追根究柢問。

「這問題沒有解決。後來阿嬤只好看書。書很棒，它不挑朋友，我因此養成看書的習慣。」

海蒂聽了，很有共鳴地說：「是啊，以後若是沒有朋友跟我玩，我也可以畫畫。……我們老師有教我們，朋友可以分批玩，今天跟這些人玩，明天跟那批人玩，不要只固定跟誰玩。」

阿嬤由衷讚美：「你們老師有教這個喔？你們老師好棒。」

海蒂邊寫功課邊說：「我們老師人很好喔，我好喜歡她，她對我最好了。」

這話又觸動阿嬤的敏感神經：「以前老師也對阿嬤很好，但老師越偏心我，同學就越不跟我玩。老師對你好，阿嬤當然很高興，但也有點擔心。阿嬤不希望老師對你特別好，阿嬤覺得一個好老師，要對所有的小朋友都同樣好。」（阿嬤顯然被小時候的陰影嚇壞了。）

「我們老師不是只對我一個人好，她對所有的小朋友都很好耶！我們都超愛她的。」阿嬤這才放下心來，顯然幾年前她在幼兒園被孤立的痛苦沒有留下太深的陰影。

說著說著，姊姊忽然擔心起她那像女子漢的妹妹諾諾，將來在學校可能會跟同學打架。阿嬤說，打架不是解決問題的方法。諾諾反駁憂心忡忡的姊姊：「我才不會跟人家打架。」

阿嬤問：「那萬一有人欺負你呢？」

「我會去告訴老師。」諾回答。

「不會打回去？」

「不會。」

姊姊跟阿嬤這才放下心來。

阿嬤逐漸發現姊姊開始學會了溝通技巧，不像以前只乖乖聽話或只顧單向輸出，她開始知道如何問問題並歸納結論，交互辯詰，做雙向溝通。上學讓她感到開心，真是太好了。

延伸思考

孩童自小培養出惜福感恩的德行，將一輩子受用。阿嬤欣賞諾諾不後悔自己的抉擇，甚至進而從細微處發掘自我抉擇的美好之處，或能使用語言分辨出抽象感受的差異，真是最棒的事了。

分別是五歲和七歲的孩子，對世界的摸索已然開始。諾諾的世界目前仍是純然的天真無邪，由高興進階成快樂；海蒂三歲多時曾經跟阿嬤一樣，嘗過孤獨和寂寞的滋味。人生的積累經驗，將逐漸形塑她們適應世界的能力；阿嬤也在心中默默許下了願望：祝福諾諾繼續高興、快樂，海蒂能比阿嬤更早揮別寂寞的陰影，除了學會和孤獨、寂寞共處外，也能逐漸遠離孤獨與寂寞。

無聊的應酬話

一日，五歲孫女諾諾到書房來，要求我陪她玩。我把眼光從電腦上移開，轉過身陪她說話。聊一陣子後，諾忽然跑開，邊跑邊說：「你好無聊喔。」

我好生氣，把她叫回來，問她：「你跑來要阿嬤陪你，我還放下工作陪你說話，你卻說我無聊，這樣對嗎？沒禮貌。」

諾說：「你本來就無聊，只說一些無聊的話。」

我問她：「你說，我說的哪些話無聊？請舉出證據。」

諾說：「你自己心裡都覺得無聊的話，以後就不用再說了。」

什麼？我嚇了一跳！開始回想剛剛跟她到底說了些什麼話，發現居然一句也想不起來。這麼說來，我確實說了無聊的話，不然怎會全忘了？我接著想起剛剛跟她對話時，似乎心裡還想著電腦裡的文章後續該如何寫下去，想必真的跟她說了些幼稚又毫無心意的應酬話。

但為保住顏面，我正色地回她：「人生大部分時間不都是在說無聊的話？你說你無聊，所以來找阿嬤，阿嬤就陪你說說話，看似無聊，其實是陪你、關心你；你平時來跟阿嬤說的話，阿嬤有時候也覺得滿無聊的，但還是接受了，這就是人生啊。」說完，真覺得自己無聊透頂。

我忽然想起小津安二郎曾經拍過一齣諷刺性極高的電影《早安》。電影裡嘲諷人際之間常說些放屁一樣的無聊話，一位小朋友因為爸爸不肯答應他兩兄弟想買一部電視機的糾纏、要求，訓斥他們：「小孩子不要講些有的沒的廢話！」

小朋友不服，回他：「我們說的才不是廢話，我們是真的想要一部電視機才說的。你們大人才是一天到晚講廢話：『你好。』『早啊！』『晚安！』『天氣真好。』『要去哪裡？』『去附近是嗎？』『原來如此。』原來個頭啦！」被父親斥責廢話太多的兄弟兩人決定從此不再開口；但不說話的小朋友卻面臨種種無法溝通的尷尬。

有趣的是，戲中另有兩條線索。一是開瓦斯行的老爺爺好會放屁，成為鄰居孩子們的偶像。放屁變成時尚，孩童們競相學習放屁，會不會放屁遂成為同儕認同的指標。其中一位小朋友為了學習放屁，不惜狂吃有助放屁的浮石粉，結果成天拉屎在褲子裡。另一條線索是一對互有好感的男女，很靦腆地藉各種方式互動，卻總把真心的愛慕放心裡，淨擠出一些不相干的應酬語。

電影在結尾處，兩人在車站月台上遇見，互道早安後的對話是這樣的：

男：「天氣真好。」

女：「真的，天氣真好。」

男：「未來幾天都是這樣的天氣。」

女：「是啊，看來會持續好幾天。」

男：「那種雲的形狀好妙。」

女：「真的，好妙的形狀。」

男：「看起來好像某種東西。」

女：「是啊，好像某種東西。」

男：「天氣真好。」

女：「天氣真的很好！」

然後，兩人同時望向天空。

（阿嬤可以很驕傲地跟諾諾說：「阿嬤說的話，再怎麼也沒有比這樣的話更無聊吧？」）

我很想播放這個電影給諾諾看，證實阿嬤的無聊話並非全無意義。但這樣的人際曲折，才五歲的她能懂嗎？也許她只會對劇中小朋友不停放屁大笑不已吧！但我們或許也可以想想：「今天一整天說過什麼重要的話嗎？」

延伸思考

電影《早安》探討語言的延展性造成的鄰里人際困擾，一方面也表達應酬的廢話雖然無聊，卻缺之不可；就像人如果生病開刀，不也得痴痴等候放屁，才能進食。放屁能維持腸胃道的健康，屁話也不是毫無用處的。

年方五歲的小孩往往懵懂，對大人的敷衍無所知覺；有的小孩子雖然較為敏感，對大人的無心意的應酬語很不以為然，卻無法精確表達內心的不滿。像諾諾這種洞悉且一語可以道出的，我們得格外小心，非誠勿擾。

大哭的真相

兩個小孫女中午時分過來，老大箍著髮箍，老二紮著疏鬆的馬尾。

天氣熱，阿嬤問姊姊想不想把頭髮綁起來，姊姊欣然同意，說：「我想綁兩條辮子，跟安娜一樣（《冰雪奇緣》裡的妹妹）。」阿嬤邊動手邊問妹妹：「那諾諾要不要讓阿嬤幫忙也把頭髮重新紮緊一些？」妹妹說：「好，但我要綁跟艾莎公主一樣。」

阿嬤幫姊姊綁好辮子，姊姊很滿意。接著，幫妹妹紮馬尾。妹妹高興地說：「晚上我把馬尾放下來以後，頭髮就會像波浪一樣，一捲一捲的。」

阿嬤說：「馬尾放下來不會捲捲的，辮子才會。不然阿嬤把你的馬尾再綁成一束大的辮子，放下來就會像波浪一樣。」

頭髮綁好了，妹妹忽然開始哭，說她的馬尾不想紮出辮子樣。阿嬤拿出鏡子請她看有多美，她不依；阿嬤拿出相機拍她的頭髮，請她看：「真的很漂亮的，不信你看！」妹妹不看，還是哭，姊姊勸她也不理。

阿嬤說：「那麼，我把它恢復原狀好了，但晚上放下來就不會像波浪哦。」妹妹繼續哭。

阿嬤生氣了，這也不好，那也不行，阿嬤是生下來受氣的嗎？撇過臉不理她。妹妹哭著進裡屋去找阿公。還沒找到阿公，先看到小腳踏車，高興地騎著車子出來，已經忘了頭髮的事。可是姊姊沒有忘，她板起臉孔訓斥妹妹：「諾諾，你一定要先跟阿嬤道歉，要不然我不跟你玩。」妹妹不好意思地跟阿嬤說對不起。

妹妹騎著車子轉來轉去，請阿嬤幫她照相。她教導阿嬤：「你要大聲喊：『請艾莎公主出場！』然後我才從書房裡面出來，你再開始照相。」姊姊也加入照相行列。

兩人看了相片都很滿意。妹妹說：「其實，我只是想跟阿嬤綁一樣的頭髮而已，阿嬤紮了馬尾，但是沒有綁成辮子，很美麗。」這下子輪到阿嬤感動得大哭起來，沒想到大哭的真相是如此纏綿。

阿嬤想起媽媽曾提起，她曾問姊姊把頭髮剪短好嗎？以為姊姊會捨不得，沒料到姊姊竟然說：「好啊，我要剪成像阿嬤一樣，梳起來兩邊翹翹的。」而前些日子，阿嬤用了個鯊魚夾夾起頭髮，妹妹也吵著要買鯊魚夾，跟阿嬤一樣夾頭髮。

「想跟阿嬤一樣。」多麼甜蜜的一句話！阿嬤深心警惕，一定得做個好榜樣才行，無論頭髮或品行。

延伸思考

小孩在成長過程中常不自覺有偶像的存在，因為崇拜偶像，言行舉止甚至服飾髮型都成為孩童仿效的對象。阿嬤深受孫女的青睞，內心既感激且慚愧，欣喜之外更警惕自己，千萬得不負二「粉」，這也是惕勵大人進步的力量，所謂「活到老學到老」也。

已經開始注意「語氣」

阿公放水，邊讓兩位小孫女泡在浴缸裡玩，邊幫著洗澡。阿嬤在書房打電腦，沒一會兒忽然聽到諾諾放聲大哭。緊接著聽到阿公安撫的聲音，但諾的啼聲依舊，也有越趨大聲之勢。因為隔著距離，聽得並不清楚。

姊姊先出來告狀，說：「阿公幫諾洗澡，不小心噴了點兒水進諾的眼睛，諾就大哭，好誇張。」妹妹隨後哭著出來。阿嬤說阿公不小心把水噴到你的眼睛，你就別再哭了，他不是故意的。妹妹仍止不住地哭。

阿嬤為了讓她停止，故意拿話問她：「那阿公不小心做錯事，有沒有跟你說對不起？」姊姊說有，妹妹搖頭說沒有。阿嬤相信阿公的為人，他一定道歉過了。

事情在阿嬤不停提問過程中被逐漸稀釋，妹妹終於不哭了。阿嬤見姊妹兩人一起趴在地上畫圖，就進書房繼續寫作。姊姊見狀也跟著進來，跟阿嬤說：「我知道妹妹為什麼說阿公沒有跟她道歉了。」

「哦，為什麼？」

「因為阿公說：『好啦，好啦，對不起啦！』」

「那不就是已經道歉了？」阿嬤問。

姊姊正色說：「『對不起啦！』後面加那個『啦』，就很沒誠意的樣子，不相信，阿嬤你講講看。」阿嬤不自覺跟著唸，發現加不加「啦！」確實感覺差很多。

這時，諾諾進來了。阿嬤問她剛才阿公明明已經道歉過了，她為什麼不承認。諾諾說：「他一直說『對不起啦——』啦了好長。」她說著的時候，故意把尾音拉得好長。阿嬤笑了。

阿嬤請教該怎樣說比較更有誠意。姊姊說：「如果不講『啦！』也不講『好啦，好啦』但在前面加上『諾諾』，就比較好。」她又叫阿嬤試試。

果然，「諾諾，對不起。」阿嬤試說了一次，感覺誠意十足哪！姊妹倆已經開始注意「語氣」，阿公、阿嬤講話要更小心了。

延伸思考

聽、說、讀、寫是語文教育的四大目標，因為台灣升學重視學測，學測以讀、寫為主，於是，相較之下，聽與說的能力變得無足輕重，成為教育界的棄保課程。

其實聽、說比讀、寫往往更為接近人生，也和普羅大眾的關係更為密切。如何掌握語言的眉角，聽出弦外之音並說出適度的對應言語，是讓人留下良好印象的首要。若無法即時抓住關鍵，往往得罪人而不自知。一個語尾助詞的加入，意義丕變，連小孩都辨識出來了，有經驗的大人會因之會心一笑吧。不然，不妨跟著也說一遍看看。

三代的遺傳

昨晚，孫女睡在阿公、阿嬤家。今日鄰近中午時分，兒子忽然打電話來，說媳婦去了「行冊」，他可以過來帶孩子並順便叨擾一頓飯嗎？電話放下，阿公慌慌往廚房去，取出一顆花椰菜連同一把刀子遞給在客廳看報的阿嬤：「你來幫個忙吧。」

阿嬤也立刻振作起來，開始整理那顆花椰菜；女兒則忙著在電腦上搜尋今年年底舉家出國的資訊；兩個孫女坐在阿嬤前方認真畫圖。

阿嬤問小孫女知道為什麼阿公、阿嬤都瞬間忙碌起來嗎？兩人頭都沒抬，答曰：「因為爸拔要來吃飯。」

阿嬤開始敘說今之兒女跟爸媽互動的標準模式，結論就是：「兒子要回來吃飯就是人生大事，阿公開始緊張起來了。」

不知聊到什麼，阿嬤有點揠苗助長地玩笑問：「海蒂跟諾諾，以後你們若是結婚想要選擇怎樣的丈夫呢？」

兩人不約而同說：「要選擇不會打電腦遊戲的。」意思就是不要像爸拔一樣的。

二姝曾多次對爸拔沉迷電腦遊戲表示不滿：「爸拔常顧著玩電腦，我請他幫忙拿牛奶他都不理。」阿嬤曾加以開導：「你們常常來書房找阿嬤跟你們一起玩，阿嬤也常因為打電腦沒有答應啊！」

當時，諾諾曾很理性說明其中的差異：「我們去找阿嬤玩的時候，阿嬤都會回答我們：『等阿嬤把工作做完或把這回的遊戲玩完了，再去陪你們。』可是爸拔都沒有回答我們啊！」

阿嬤笑著說：「那就證明他確實是你的爸爸，諾不是也常不回答我們的問話，原來是遺傳爸拔。」

人苦不自知，諾也是，這個遺傳真糟糕。

我再問：「我是問喜歡選怎樣的人，不是問不選怎樣的人當丈夫。」兩人異口同聲說要選跟阿公一樣的，理由是：「阿公都很認真做家事。」

阿嬤自慚形穢，自言自語：「那我真是太差勁了，都沒認真做家事。」諾諾抬起頭，誠懇地安慰阿嬤：「誰說你不認真做家事，你現在不就在摘菜嗎？」

阿嬤感動得差點落淚。想起約莫十年前，阿公開刀住院回來，常常需要散步復健。一日午後，阿嬤在電腦上打了一篇約莫五千字文章，不知按到什麼鍵，忽然悉數不翼而飛。

阿嬤花了好多功夫尋找，還是徒勞。跑到臥房內，沮喪跟阿公抱怨：「我今天一整天做白工，一事無成。」

阿公情辭懇摯安慰阿嬤：「怎麼會？今天早上你不是花了好多時間陪我散步。」

阿嬤感動，謹記心上，至今猶在演講中回味。沒想到諾也遺傳了阿公願意在對方諸多缺點中找到難得優點的德行。

阿嬤跟小孫女說了十年前的往事，然後徵求諾的同意：「以後，我演講的時候，不用阿公做例子，改用你的話好嗎？讓大家都來學習你。」諾諾笑了，害羞地回答：「可以啊。」

延伸思考

人非聖賢，誰能無過？何況只是對某種事物的耽溺，只要沒有妨礙到正經事，偶爾的寬鬆，是一種緊繃後的歇息，無傷大雅。對別人的太嚴格要求，常常造成對方的困擾。

ACT（接受與承諾治療）專家羅斯・哈里斯（Russ Harris）曾在《*ACT with love*》書中說：「當你學會放下想要控制的念頭，他通常會開始比較照你希望的去做。當你降低要求和控制，對方常會感到鬆了一口氣，也就會比較接受你的期望，較可能自發地改善。」諾諾就是為阿嬤找出一個值得鼓勵的理由。

三句話說一個故事

睡前，阿嬤、姑姑和二姝一起玩結婚遊戲，用姨婆送的動物造型彩色筆配對。小馬配小豬，鯊魚配海狗，小狗跟山羊……在牧師的祝福下承諾結婚，然後，揭面紗，相互親吻，攜手去度蜜月。

阿嬤老眼昏花，老是讓小馬跟小豬栽著頭走路而不自覺，鬧了大笑話。

昨日阿嬤一早搭高鐵回台中文化局評審文學獎；結束後，回老家開車，去高鐵站接午後才回來的阿公、姑姑和二姝四人回潭子。

據說，在高鐵上，諾諾就很遺憾地看著座位上打瞌睡的阿公說：「如果跟我們一起搭車的是阿嬤，來接我們的換成阿公就太好了！」阿嬤後來聽說了，問她：「這樣有什麼好呢？」她回：「阿公只會睡覺，不會跟我們玩，真沒意思。」

黃昏時，阿公在院子內除草剪枝，姑姑請兩位小姊妹幫忙拿水管供水給她刷小石子地。二姝不甘心只充副手，也搶過工具努力刷。晚上，阿嬤嘉許她們幫了大忙，配合著在蚊帳中跟她們歡喜玩結婚遊戲。

四個女生笑得樂不可支，阿嬤心裡揣度：「在客廳的阿公現在是什麼心情？感覺寂寞？羨慕？還是覺得這幾個女人很奇怪，到底是在幹什麼呀！笑成那樣。」

總之，阿公真的很不好玩。幸好他會做飯，會整理花園。「人，有一好，無兩好。」俗諺這麼說，我們要知足。

結婚的遊戲結束後，已經接近睡眠時間。阿嬤最後要求大家用三句話說一個故事，沒料到首先響應的是諾諾。

諾諾不假思索，脫口而出：「你愛我嗎？」「我非常愛你。」「可是我不喜歡你。」哇！獨立的三句對白說了一個殘酷的悲劇故事：愛人的不被愛。

阿嬤也接著說了一個。「風來了，蝴蝶也飛來了，他們都不小心親了站在院子裡的我。」

姑姑也被迫說了一個故事。「夏天的太陽脫去了我的衣服，秋風幫我穿上了，冬天的雪更在我的脖子上多掛了一串白色的項鍊。」諾很快聯想起一首題為〈雪花〉的兒歌，唱出：「雪花一片片，親親小樹的手，親親小樹的臉。說：好久不見，送你一串水晶項鍊。」是指出姑姑和阿嬤都有抄襲之嫌嗎？

姊姊海蒂苦惱萬分，搔首撓耳，最後說：「飛機衝上了天空，太陽對著我微笑。」阿嬤說：「只有兩句不行，要三句。」海蒂辯稱：「飛機衝上了天空，太陽，對著我微笑。」加個逗點，不就變成三句了。

各位看倌，這樣也算三句嗎？

延伸思考

學生的寫作練習中，常有擴寫的教學。依據老師提供的三個詞彙，譬如「都會」、「廢墟」、「驚奇」寫出一個極短篇，來訓練聯想、串連及創發的能力。對年幼的兒童而言，這可能有點難度。所以，先由自由發揮的三句話組成一個完整小故事，由單一意象逐步向複雜幽深邁進，應該在語文能力的培養上會見出效果。

車廂內的噪音

帶著小朋友搭高鐵北上。

滿座的車廂內，走道另一邊有位年輕人的手機裡發出聲量不算小的搖滾樂；隔著三排的前方，一對年輕夫妻帶著一雙兒女分坐前後兩排D、E的位置。

小男生約莫兩歲餘，小女生五歲多，前後嬉鬧著，音量也不小。海蒂皺眉跟諾諾和阿嬤說：「那樣很不應該，會吵到別人。」（我們仨擠坐D、E兩個位置）阿嬤沒說話。

也許有人去抗議吧，約莫十分鐘後，一位穿高鐵制服的男士進來，跟小朋友的父母勸說，也走到那位聽音樂的年輕男子身旁，提醒他放低聲量或戴上耳機。

年輕男子很快關掉手機的聲音，但小朋友依然故我，我跟二妹說：「小朋友不受控，真糟糕。」海蒂說：「他們的爸拔、媽媽也不管。」

我說：「小朋友小，不懂事，爸媽也許也管不住。」阿嬤同情大人，忍不住幫大人說話：「你們以前小的時候，阿嬤阿公帶你們搭高鐵，一路上你們也前後排玩搭飛機遊戲，玩點餐、發餐……」還沒說完，海蒂壓低了嗓子抗議：「我們都在座位隙縫間小聲點牛肉麵或蛋糕，沒有那樣吵別人。」諾諾也順著說：「我們才沒有這麼大聲，我都悄悄端著假蛋糕、牛肉麵從後一排走到你們這排，很小聲說話的。」好吧！算你們厲害，其實偶爾高興起來也會爆出笑聲的，現在都忘了。

但那兩位小朋友實在囂張，我也無法為他們辯白，因為一路上連我都被搞得很焦慮。到台北站後，大夥兒都提前站起身。海蒂出到走道，大概聽到那位媽媽在訓斥孩子，轉頭跟阿嬤說：「我冤枉她了，那位媽媽有在管她的孩子，我聽到了。」學人精諾諾說：「我也聽到媽媽在罵她的孩子了，聲音很大，她真的有管，我聽到了。」

阿嬤只好笑著謝謝她們：「大人有管，小孩沒聽；我們運氣好，大人沒管，小朋友自己管，謝謝你們齁。」

延伸思考

應對進退的禮節，得自童蒙時期開始養成。

我們在公園、捷運、劇院、餐廳、百貨公司中不時會看見喧譁的家人，或肆無忌憚交談；或手機擴音對話；或任憑孩童奔走喧鬧，不只小孩，大人也常舉止言談無狀，對別人造成難耐的干擾。被制止時，大人再來厲聲喝叱，徒然臉上無光。因此，所有的教養應該防患未然，平日在家裡就要先打好預防針。當然，大人自己得先以身作則，大人是本尊，孩子就是你的分身。本尊無良，怎能責備分身有樣學樣！

【輯二】

月亮雪白、星星閃亮

——人際應對與邏輯能力的培養

人際應對與邏輯能力的培養越早開始，扎根才會越深。人際的圓融靠的不僅是口才，往往真誠的心意才是重點所在；邏輯能力的培養則需從一次次的實驗裡，去蕪存菁，才能學到周延的表達。

人際溝通的要訣無他，將心比心而已。接受他人的感覺，會讓對方變得較心平氣和；體貼他人的困難，會讓困難瞬間減輕重量。規則和法律是僵硬的，但是，人的體貼可以讓它變得溫柔。《禮記．大學》裡所謂的「絜矩」之道在同理心的履踐過程，道理就能從書本裡突圍，煌煌乎進入生活，它就不再只是教條。

所以，直接或間接鼓勵孩童說出想法，慢慢從寫實到抽象，建構起個人的思想體系。其中，周延的邏輯和豐富的語彙，是使語言深具魅力的因素，如何讓孩子在成長過程中學到其中三昧，並不會太困難，但大人得具備相當的耐心，讓孩子反覆練習。

我曾經在收音機裡聽到有趣的對話：主持人請來一位導演介

紹拿手菜——清蒸魚的烹調法。導演輕描淡寫：「最重要的是魚要新鮮。清洗乾淨後，放到蒸鍋裡蒸個八或九分鐘就可以啦！」主持人愣了一下，接口：「導演，你說得太簡單了啦，聽眾聽不懂的啦！」導演呵呵反問：「說得簡單反而聽不懂，那我得說到多複雜他們才明白？」這個導演有趣，他充分掌握到語言的多義性，要弄「簡單」的反義詞，故意模糊「複雜」與「詳細」的界線，造成語意雙關的趣味，這也正說明了語文的繁複豐富需要更細緻的學習與體會，才能在應用時曲盡其中的神髓，達到風趣幽默的境界。一般說來，說理容易流於枯燥，若適時加入精確的比喻，常有意想不到的說服力。

示愛、道歉和幽默、機趣，是潤滑人際關係的最簡淨原則，它的成效最快速也最卓著，值得我們窮畢生之力學習。幽默機趣靠的是顛覆習慣領域，讓心情放輕鬆；示愛、道歉最難的是放低姿態，把威權掃地出門。

談談不在場的時間

阿公帶著諾諾去午睡，因病留在家的姊姊踱到房裡找阿嬤玩。阿嬤忙著準備晚上去紀州庵為台語經典電影《丈夫的祕密》講點話，請她稍待。五歲半的姊姊坐在旁邊，一邊畫畫，一邊問阿嬤：「阿嬤，這次，我們沒有跟你們回台中時，你們都在做什麼？」阿嬤問：「你問這要幹什麼？」姊姊：「我只是想知道我們不在時，你們在台中都在做什麼？」阿嬤問：「這是在促進彼此了解嗎？」姊姊笑著點頭。

於是，阿嬤鉅細靡遺地說，姊姊認真地聽，不時還提出問題。阿嬤說，這次阿公、阿嬤回去，特別忙、特別累，因為有兩件重要的事。一件是台中文學館的餐廳開幕，我去幫他們做道菜。「他們為什麼找你去做菜？」阿嬤只好吹牛：「因為希望阿嬤做的菜好吃，能幫他們宣傳，讓更多人來店裡吃飯。」阿嬤乾脆在電腦裡google出當日許多記者扛著錄影機對著我拍照的新聞報導。姊姊看了，露出驚訝的表情，說：「哇，真的很多人、很多攝影機欸！阿嬤，你到底做什麼菜啊？」阿嬤說：「芋香牛肉末。」「這道菜爸拔、媽媽吃過嗎？」「吃過啊。」「好吃嗎？」「你看來這麼多人，還用說嗎！」孫女立刻用眼神對阿嬤表達崇高的敬意。

「後來又有人跟到台中家裡幫阿嬤、阿公錄影，所以阿公還先留在潭子家裡鋤草，累死……」話沒說完，姊姊插嘴：「這個時候幹嘛幫你們錄影？」阿嬤一時不知如何說，只好說：「就像阿嬤錄你們跳舞，是想錄起來，以後你們長大了可以留念。」「他們有錄你打電腦嗎？」阿嬤不防有這一問，想起來也沒錯，回說：「有啊！不但錄我打電腦，他們問我問題，阿嬤回答時，他們也錄起來。」然後，阿嬤又從電腦檔案裡找出當天訪談時，阿公在一旁幫忙拍攝的照片。

阿嬤接著採取攻勢，「那你們呢？當阿嬤不在的時候，你們在做什麼？也跟阿嬤說一下吧。」姊姊問：「你是要問昨天？還是問你們回台中去的那天？」阿嬤說：「那就說昨天好了。」姊姊又問：「那昨天是星期幾？」「星期一啊！」看起來小朋友的生活也跟大人一樣複雜，她說：「那讓我來想一想吧？昨天……啊，我想起來了。昨天爸媽帶我們去玩黏土……我還在捷運上跟阿公一樣畫畫。」然後，她也從電腦裡找出媽媽ＰＯ在臉書上的照片。

最後，阿嬤跟孫女達成協議：每次見面都談談彼此不在場的時間在做些什麼？

延伸思考

想知道當她不在場時，阿公、阿嬤在做什麼，這算不算另一種情深？還是只是好奇？但不管是好奇還是深情，聊天時，想知道當她不在場時，對方在做什麼？就是一種溫暖的關切。當孩子提出這樣的問題時，如果也能用同等的關切反問，孩子或許也能感受到其中的善意。養成和孩子聊天的習慣，是一種很窩心的溝通，可省卻將來許多耗神的無謂窺探。

不怕大家變成有想法的人

十二月九日是國際人權紀念日，「促進轉型正義委員會」暨「國家人權博物館」上午共同舉辦「平復司法不法之第二波刑事有罪判決撤銷公告儀式暨二〇一八世界人權日紀念活動」。副總統陳建仁剪斷象徵禁錮受難者的鐵蒺藜，從中取出一千多位無辜受罪者名單。

兩位小孫女很榮幸應邀前去拉開印著受害者名單的白布條，為時代做見證。事先，阿嬤先跟小孫女溝通，談活動的意義。這麼複雜的事，不知從何說起，寫了數十本書的阿嬤，忽然辭窮，但仍設法用簡單語言溝通，說：「很多年前，有一群人，他們被判定做了壞事，被關在監牢裡好多年，有的甚至被殺了。後來發現他們被冤枉了。明天，你們就是要去典禮上拉開寫著他們名字的布條，讓大家知道他們不是壞人，讓全國的人知道他們是受冤枉的。」

孫女前一日去彩排，當天在典禮上很得體地完成任務。下午，在閒聊時，姊姊看到出現她們臉孔的新聞報導，忽然問阿嬤：「他們到底做了什麼事？為什麼會被冤枉？」

阿嬤說每個人的狀況可能都不一樣。正不知如何繼續，忽然想起早上在人權博物館等候典禮開始時，遇到外子的堂哥，二妹叫他「伯公」的蔡焜霖先生。於是拿他做例子：「早上你們遇到的那位高高瘦瘦的伯公，在台上跟小朋友一起唱歌的那位，你們記得吧？」

二妹點頭。

阿嬤說：「他就是被冤枉的一個白色恐怖受難者。我聽說他年輕時喜歡讀書，參加了讀書會，看了課外書。當時的警察不喜歡大家看課外書，把他抓進去監牢裡關了十年，好可憐。」

姊姊海蒂馬上插嘴：「看書不是很好嗎？為什麼要被抓去關？」

阿嬤措辭艱難，說：「當時的政府怕大家看了書後想太多。」

海蒂又問：「想什麼太多？」

啊！啊！啊！不要說海蒂有疑問，連阿嬤也想不通哪！阿嬤說不下去，趕緊轉移話題：「那個伯公在牢裡心裡好苦、又想家，於是，只能在心裡難過時設法唱歌讓自己不會太難過。……」

阿嬤心裡想，現在真是一個好的時代，我們都不怕大家變成有想法的人，但曾經有一個時代是。

延伸思考

這真是一個大命題！不要說小朋友不明白這些受難者做了什麼，如今有些被揭開的理由，連大人也無法置信。曾經經歷的那個年代，或許也該被後輩知曉，不能一味掩藏，才能避免再度陷入覆轍，也能藉此讓小朋友明瞭她們活在民主自由的現代，有多麼值得珍惜。小朋友有機會參與除罪儀式，應該是她們生命中非常值得深刻記憶的光榮。

一場地震，震出愛

地震來前，我正和兩位小孫女閒聊。手機發出奇怪的聲響，我從袋裡摸出，只瞥到「地震」兩字，就開始地動山搖。

海蒂以迅雷不及掩耳之勢，鑽進眼前的矮桌底下，諾諾接著跟進。阿嬤想到的竟然是：「幸好早上清潔的阿姨才剛抹了地板。」

地震結束後，兩位小孫女從桌下出來。大夥兒一起檢視地震災情，阿嬤撿到一片破損的塑膠片，海蒂看到垃圾桶蓋子破了，聯想起來，確認是客廳的垃圾桶遭劫，阿公發現是書架上的燭台掉落，擊破垃圾桶。

海蒂問：「阿公，地震發生時，你在做什麼？」

阿公說：「阿公在廚房，嚇到現在忘了在做什麼。」

海蒂問：「阿嬤，我們躲進桌下時，你在做什麼？」

阿嬤說：「我看你們躲在桌下，怕地震後東西砸到你們，所以，兩隻手扶住桌邊，打算萬一東西砸下來，要直接撲上去保護你們。反正阿嬤年紀大了，死了比較沒關係；你們還小，要好好活著。」

講到這裡，諾諾眼眶紅了，說：「不要啦！阿嬤不要死掉，可以陪我們玩。我很愛你哦！」

海蒂也點頭說：「我們才不要阿嬤死掉，要一直陪我們玩。」

一場地震，震出愛。

阿嬤寫完唸給小朋友確認。唸到「諾諾眼眶紅了」，諾小小聲問：「我有嗎？」

阿嬤說：「沒有嗎？阿嬤好像有看到喔！」

諾說：「好吧！那就應該有。」

延伸思考

「夫妻本是同林鳥，大難來時各自飛」，形容夫妻情薄，不能共患難。地震過後，六歲多的孩子問出：「剛剛地震發生時，你在做什麼？」讓人震驚。大人的回答讓女孩紅了眼眶，女孩的反應，也讓大人哽咽。大難來時的相互探問，見出彼此的情深，一問一答裡，都是愛。

體現「親親如唔」的真義

午後二姝一回到阿嬤家，諾就故弄玄虛鋪了個哏，讓阿公、阿嬤、姑姑、姊姊懸念。她說：「阿嬤，你記得在我生日那天，我還有一個願望放在心裡沒有說的，你知道是什麼嗎？」

阿嬤問：「我不知道，是什麼？」諾神祕地說：「我已經告訴媽媽了，但是，不能夠告訴你們。」

阿嬤好奇追問，諾就是不肯說，一再說她連爸爸也沒透露。「這是祕密，明年生日才公布。」所有人都很好奇，一年實在太長了，等不及。

後來，諾想吃芝麻糊，阿嬤很小人地希望用芝麻糊換取祕密。她才不得已附耳透露：「大家都活很久。」還交代不能透露給其他人知道。她邊吃芝麻糊、邊吩咐阿嬤得保守祕密。

阿嬤認為這個願望很棒，公布出來會讓大家都開心，她還扭扭捏捏要用無聲的口形方式讓大家猜。光猜口形就花了半天時間，大家笑得樂不可支。小朋友的心思好單純。

阿嬤唸了昨日臉書上寫的〈父親的失落〉給二姝聽，裡頭說的是：爸爸送海蒂上學，抵達學校的海蒂開門下車後，義無反顧衝進校園，居然沒有回頭看一眼老爸，老爸因之喟嘆。

海蒂聽完後，好著急地辯解：「我匆匆跑進學校沒有回頭，是怕遲到，耽誤了考試，不是不理爸爸。他想錯了。」諾諾也說：「我們最愛爸爸媽媽了，我們永遠『需要』他們。」

海蒂一臉著急，跟阿嬤說：「阿嬤幫我錄影。」阿嬤當她跟以往一樣要跳舞讓阿嬤錄影。原來不是，她說：「我要跟爸拔說話，請阿嬤用 Line 傳給爸拔。」阿嬤打開手機鏡頭，海蒂一本正經對著鏡頭說：「爸拔，我昨天不是要離開你，我是快遲到，趕快衝進去，怕他們就要考試了。你不要難過。我只是怕他們已經在上課了。」

天啊，虧她及時想出這等澄清方式。現在的３Ｃ產品還真在人際互動上幫了大忙，明晰快捷，體現了「親親如晤」的真義。

延伸思考

親人間相互示愛可以促進親密關係，有了誤解，即時澄清或道歉是補過的好方法。小朋友發現先前的行為造成父親的誤解，刻不容緩用３Ｃ產品錄影傳去，讓父親釋懷，是聰慧也是體貼，不忍父親因誤解而惆悵或難過。新世代人類，在表情達愛上，較諸舊時代有更積極的作為，這樣的明快，應該會對不善示愛的長輩有啟發及帶動的作用，真好！

認識地貌的改變

黃昏，帶著兩位小孫女去小公園騎腳踏車。緊鄰小公園的空地，前些日子被圈起來施工，說是要擴大範圍開挖並施工成較大的公園。我們當然是太開心了！

前幾次帶他們過去時，開工不久，我特地跟小孫女說明即將有更大的公園可資遊戲，提醒她們注意施工的進度：「過幾天你們再來時，我們要來看看環境有什麼樣的改變。」

海蒂好機靈，立刻請阿嬤拿出相機將現況照起來：「不然，我們怎麼能正確比較出來。」

諾諾則嚷嚷：「阿嬤也一樣要參加考試，一起比賽。」海蒂還吩咐阿嬤不准下次來之前，先偷看照起來的照片，否則不公平。

於是，經過幾週後的今天，我們憑記憶和眼睛所見，看到了施工的進度。小朋友的記憶不容小覷，她們想到被用掉或移走的鋼鐵、汽車、水缸、磚塊；圍牆上新畫上的藍色圖畫，變多的工人，剷平的地面、砌起來的排水溝……海蒂的記憶驚人，阿嬤輸了。

諾諾提議第二輪的比賽換跑步，這回阿嬤輸得更慘，孫女讓我五步，阿嬤還是輸。跑到一半，諾諾憐惜阿嬤，回頭又讓阿嬤五步，阿嬤還是輸。看來自從她們一出生，阿嬤就開始舉白旗認輸了。

今日，那位自願常來清掃公園落葉的老先生又來了，二孫一嬤都加入，徒手幫忙撿落葉。

老先生掃到一半，看著掃過的草地上喟嘆著：「掃了又落，掃了又落，永遠掃不完。」

我心裡應和著：「這就是人生，世代交替。」

延伸思考

關心地貌的變化，就是關心都市的變化。一個會去關心土地、建築或萬物、四季蛻變的人，必然是勤於觀察、敏於歸納、分析的。從小養成孩童對周遭變化有所感知，對人當然一定關心。兩姊妹到公園遊玩的首日，就看到那位老爺爺自備耙子、掃把、桶子，正佝僂著背，慢慢清除草坪上的落葉。幾次下來，小朋友感動之餘，也自動加入撿拾。

人言可畏的年代過去了嗎？

朋友的兒子即將結婚，朋友寄了當伴娘的女兒照片過來。說：「我媳婦兒要我女兒穿這件伴娘衣服。你覺得呢？她完全沒化妝，可以這樣算是還不錯。可是好像應該穿一件可以把上臂遮起來的。」

她女兒穿著無袖洋裝，臉上洋溢著青春的氣息和甜美的笑容，好漂亮也好自信。她不提起要遮手臂，我真是一點也沒注意到手臂有何問題。

女人實在很多心。我昨日帶小孫女出外用餐，很被餐廳的藍色牆壁吸引，刻意請女兒幫忙照了幾張照片；也沒化妝，卻很在意手臂太粗，又穿上小黃上衣遮住。

但看到朋友女兒的照片後，不覺莞爾。馬上給朋友回信：「說實話，說要穿件上衣遮手臂，完全是保守派做法。現今年代，強調自我展現。」

正寫到這裡，海蒂過來問阿嬤在做什麼？我拿照片給她看，她說：「這個姊姊好漂亮。」

我把朋友問我的問題丟給海蒂，隨口問她需要遮住手臂嗎？海蒂回說：「不必，只要自己覺得好就好。沒有人會去注意她的手臂呀！我看她穿這樣很漂亮。」

真的是新時代來臨了，「自己覺得好就好。」人言可畏的年代過去了嗎？孫女顯然比阿嬤更有自信，一整個跟她娘一樣帥，阿嬤自嘆不如啊。

延伸思考

大人們往往太過在意旁觀者的意見，失去接受自我的勇氣，生活變得疙疙瘩瘩地，這也顧忌，那也擔心，成天戒慎恐懼，無法坦然接受自我，活得很不自在。「自己覺得好就好」，有時候孩子的童真與直心真是醍醐灌頂！

誰對誰不對

午後，兒子帶了孫女的作業過來給海蒂，這個假期二姝都住阿公、阿嬤家。聊了一會兒，為了件小事，阿嬤聲音大起來，罵了兒子幾句，兒子訕訕然走了。阿嬤餘怒未消，在書房對著電腦發呆。

諾諾潛進，趴在阿嬤腿上撒嬌：「阿嬤不要生氣啦！」阿嬤說：「不生氣了。阿嬤跟爸爸只是在辯論，聲音大了些，不是在吵架。但你知道這件事誰對誰錯嗎？」諾諾不假思索，說：「是爸拔不對。」阿嬤問：「你怎麼覺得是爸拔不對？你是因為阿嬤在面前，才說阿嬤對，是吧？」諾諾說：「才不是這樣！是因為阿嬤是教授，一定對的，而且你是爸拔的媽媽。」

阿嬤嚇了一跳，這樣的答案太讓人慚愧了。教授怎麼會就是對的？媽媽哪裡就一定不會錯？這個觀念必須更正。阿嬤隨即機會教育：「不是媽媽就是對的，也不是教授就是對的。誰對誰不對，不是看一個人的年紀或職業，要看誰比較有道理。你們現在還小，等長大了，會思考了，知道是非，慢慢就學會看出誰比較有道理。」

阿嬤講得落落長，也不知她聽懂了沒。但阿嬤好擔心諾諾繼續問：「那麼，剛剛爸拔跟阿嬤兩人聲音很大，到底是誰的錯呢？」幸好她沒往下問。

延伸思考

家人意見不同，難免大聲講話或臉紅脖子粗。但對錯有時並不是非黑即白，常有灰色地帶。孩子單純，在評騭時，單純就長幼有序或職位高低來論是非，是落入傳統儒家「天下無不是的父母」的窠臼。其實，威權時代不再，我們期待教養不再被傳統拘執，年長者勇於虛心接納新知，年輕人長於以理服眾，「自反而縮，雖千萬人，吾往矣！」一切回歸理直氣和。

辛苦賺錢的阿公和愛賺錢的爸拔

東京之旅，接受學妹Ya Wen熱情的接待，真的非常感動。海蒂和諾諾都說：「我們明年再來東京玩吧！」阿嬤問：「東京最吸引你們的是什麼？」二姝不約而同說：「姨婆。」她們都愛上了這位輕聲細語的姨婆了。旅途中，一得空，譬如散步、賞花、搭車、睡前……二姝都跟在阿嬤身旁，要求阿嬤說一說爸拔小時候的趣事。

此事肇因於一次閒聊，阿嬤無意中說了段她們爸拔小時候在學校闖禍的事，從那時起，她們開始關心起爸爸的童年往事。昨日，在往機場的黃昏，諾諾走路時奄奄一息，一副電力不足樣，差點邊走邊打瞌睡。姑姑和阿嬤一直給她加油打氣。她居然說：「如果阿嬤這時候說個爸拔小時候的故事給我聽，我大概就會有力氣醒來。」

她們對聽爸拔的故事真的非常著迷，有時，我一時想不起什麼可說，二姝還會說：「講過的也沒關係，再講一遍吧，都很有趣哪。」（是阿嬤太會說故事了嗎？）經過孫女這一而再、再而三地請求，阿嬤也將往事重新複習了又複習。講著、講著，兒子的童年綰合阿嬤的青春歲月，過往忽焉萌生全新的意義。

當年，阿嬤汲汲為稻粱謀，缺乏耐性，不大注意到生活的細節；如今，晉升為祖字輩，回顧往事，才真正覺得新鮮。我說了她們的爸拔跟諾一樣大的時候，如何開租書店，把看完的書租給鄰居的小孩，收取租書費；跟海蒂同齡時，如何幫同學代買麵包汽水，賺個麵包和退瓶費，以勞力和時間爭取福利。

隔兩天，我一時興起，也說了阿公四年級時，曾到清水山上幫人家拔花生賺錢、夏天頂著炎陽去批發冰棒沿街叫賣。又過一日，我把許多趣事都說完了，實在想不起其他，試著說了一則較心酸的事，心想：「這麼小的孩子能懂嗎？」但實在沒別的故事可說了。

我提的是兒子小學時，我們咬牙買了新房，貸款天價，由中壢搬到台北。我日夜兼課、寫作。一日閒聊，跟兒子、女兒說明必須共體時艱，節省用度了。次日，到師大路大碗公牛肉麵吃麵，一起抬頭看價碼牌，女兒本點牛肉麵，兒子要了二十顆餃子，隨即想起前日母親的叮嚀，改為牛肉湯麵和十顆餃子。當時阿嬤說：「沒關係啦，飯總是得吃飽啦！」

沒料到這番談話被鄰座的男士聽去；加上那天，我因趕稿，眼紅，臉色蒼白，首如飛蓬，一副可憐相。他想是憐我母子三人家貧無以度日，竟偷偷將我們的餐費給付了。我追出時，已不見他的蹤跡。真是好尷尬。

講完後，二姝沉默不語。我問她們聽完故事後的感想。

海蒂說：「我們不要浪費、隨便花錢。」

諾諾忽然聯想起關於之前阿嬤所說的兩則故事吧！剛滿五歲的她好似文不對題，細想起來卻又好像拈出了什麼說不清的關鍵，她鄭重下結論：「阿公跟爸拔都賺錢，但阿公是努力辛苦賺錢，爸拔就只是愛賺錢。」

阿嬤發誓，說故事時，阿嬤都沒有添入個人褒貶，純粹只是徵實的趣談，已善盡均衡報導的責任。諾諾何以口出不同的歸納，耐人尋味。

延伸思考

說故事間，小朋友常有驚人之語出現，「阿公是努力辛苦賺錢，爸拔就只是愛賺錢」的結論真是淪肌浹髓地道出其中的關鍵差異。貧困年代不得已的脫貧行動和今日純興趣的賺錢實驗，顯示時代經濟狀況的丕變，連小朋友都輕易整理出來了。所以，凡事問，讓孩童思考並發表想法，是促進凡事用腦，不隨波逐流的好法子。

分享與參與的過程

早上去運動中心游泳，下午先是連上了三堂課，接著又頂著大太陽做校外教學。三堂課的老師都是海蒂，課外教學的老師是阿嬷。

三堂課分別是國語、音樂與美術。國語課，老師教的是《勇敢的小火車》（親子天下）。先是老師唸誦課本，因為很長，三個學生幾乎要打瞌睡。學生廖玉蕙抗議，希望不要照書本唸，請老師歸納內容後再用自己的語言說，否則教學成果不佳。

海蒂老師沒接受。她說：「首先，一開始老師就說了，要認真聽，老師講完後才能舉手發問，廖同學沒聽話；第二，我唸完之後要提問的，問題就藏在課本中。我看廖同學沒認真聽，等會兒一定答不出來。」

真是不幸言中。其餘兩人舉手回答，經老師評定後，最接近正確答案的是諾諾。這一課，諾諾拔得頭籌。

第二課的音樂，由老師播放《ＡＢＣ英文童謠》（世一）音樂前奏，讓同學搶答歌曲名稱及內容。諾諾命中率最高，但她很謙虛說：「其實我全部都會，但因為是從我的玩具音樂盒裡出題，我不好意思全部都搶答。」儘管已經盡量禮讓了，她還是奪魁。

第三堂美術課，海蒂老師說「來個容易的」。拿《左腦右腦咕嚕咕嚕轉》（東雨文化）當教材，讓學生玩找圖比賽，她打開姑姑手機裡的馬表計時，看誰找得快，結果姑姑得第一。很慚愧的，阿嬤雖三盤皆墨，但每堂課之後進行的頒獎典禮，還是都得到了獎品。

四點左右開始進行校外教學。先參觀台北郵局金南分局，阿公順便存支票。一進郵局，阿公、阿嬤都大吃一驚，原本醜醜的郵局居然變得寬敞新潮、煥然一新。我詫問何時變得如此美麗，行員說已約莫一兩年了！我才恍然已有許久沒踏入這個郵局了。

郵局還有可愛的機器人，小朋友好興奮地拍照並製作電子明信片。裡頭的服務人員還耐心教導操作方式，大夥兒玩得不亦樂乎。

第二個課外教學現場是中華電信，阿公去辦手機門號續約。校外教學當然包括吃點心時間，兩個小朋友各自在電信大樓附設的咖啡廳裡點了塊蛋糕。

接下來是小公園。今天小朋友不是來遊玩，她們跑過來、跑過去到處撿拾落葉，幫忙一旁正掃落葉的老爺爺將落葉集中並收拾進塑膠袋內。

回程時，阿嬤跟她們解說義工的意義。說這位老爺爺是個人主動來清潔環境，並不是受雇來的。他幾乎每日黃昏出來免費幫忙清掃，讓附近的小朋友跟大人有乾淨的環境及翠綠的草圃玩。

「不是我們幫他撿拾落葉，應該說是他幫我們清掃落葉，這個公園是我們在使用的。」我試圖跟她們講述義工的概念：「就是免費服務，抽出時間來幫忙別人。以後你們長大了，如果有錢或有空，也要去幫忙沒錢的人或為社會做一些事。」

不知道她們聽懂沒有，但諾諾說：「我有跟老爺爺說再見。」

延伸思考

在扮演遊戲上，上學前後的海蒂，有很大的轉變。從陌生人拐童、飛機上的點餐、郵輪的表演觀賞，轉變成熱中當老師的上課遊戲。她有樣學樣，已經由假道具，演變成正式的課程演練。課桌椅、繪畫課的紙筆、音樂課的笛子、鋼琴、烏克麗麗及教學課程或習作，都是如假包換的原汁原貌呈現。

阿嬤主導的課外教學內容更是豐富，郵局的現代化，老人認真為社會服務；更重要的，二姝由虛擬課程分享了現代化過程，也實際參與了社區的服務。海蒂一方面在學校受教，也同時在家裡傳道、授業、解惑，真學生、假老師的雙重身分時相交替，忙得不亦樂乎。

原來是未雨綢繆

午後，撇下諾諾和阿公，獨自去運動中心游泳。回來後，諾諾跑到門口來歡迎。

阿嬤神清氣爽，到書房寫東西。諾跟著踱到書房，纏著阿嬤說話。

她問阿嬤去哪裡？阿嬤說去游泳。

諾問：「你去游泳是自動的，不是人家約的吧？」

阿嬤不能確知她問的是什麼，諾補充：「我是說，你去游泳，不是像演講一樣，是別人來約你的吧？是自己想去的吧！」

原來如此！阿嬤同意她說的是自願的，回她：「因為昨天阿嬤去看醫生……」

阿嬤還沒說完哪，諾搶著把話接了：「是醫生叫你要多運動吧？」

哇噻！這個小大人！阿嬤被識破了怕死的動機，當然得推出一個崇高的理由，反問她：「阿嬤為什麼要多運動，你知道嗎？」

諾很聰明，回說：「阿嬤是想要變得健康，陪我們長大。」

阿嬤龍心大悅，說：「阿嬤要參加你們所有的畢業典禮，還要參加你們的婚禮。」

諾諾：「我希望阿嬤活到一百歲。」

阿嬤聽了更歡喜，開始畫大餅：「到時候，我還要教你們的孩子彈琴、畫圖。……」

說到這兒，諾阻止了阿嬤：「阿嬤，你不必教這個，我自己會教他們。我現在正努力在學。」

阿嬤聽了，瞠目結舌。這傢伙那麼勤快要求姑姑教她彈琴、姊姊教她畫畫，而且每天勤練，原來是未雨綢繆，將來要教她自己的孩子。但……但……這未免太早了吧？她不是才五歲半！

延伸思考

五歲的孩童擁有五十歲的野心，七十歲的阿嬤卻擁有七歲的天真。一老一少的對話，堪稱老少易位。故事逗趣，卻也顯示出旗鼓相當，正所謂「不是一家人，不進一家門」也。諾諾的勤奮有心，阿嬤憧憬無限，都是想太多。

在月亮雪白、星星閃亮的夜色中

昨晚，二妹的媽媽打電話來預告十分鐘後來接她女兒時，海蒂正用心畫畫中。她在A4白紙的左邊畫了個小女生，一聽到媽媽要來了，心慌地找阿嬤商量：「我才畫一個女孩，現在正『文思泉湧』，可是，媽媽就要來了，這樣畫面太單調了，我可不可以把這一大盒的畫筆帶回家去畫？」阿嬤聽到「文思泉湧」笑起來，這種經驗阿嬤有，很能體會。

「文思泉湧真是太好了，但你家難道就沒有畫筆？萬一畫筆帶回去又忘了帶來，下回你在阿嬤家又文思泉湧就沒得畫了。」阿嬤說。

「我們家沒有這種會發亮的筆，我會記得帶回來的。」海蒂接著補充：「我已經想好畫什麼了。明天早上起來我就畫，一定可以畫得很豐富。」

不知道她從何處學到這麼自信的，口氣不小。

最終，她從一落A４紙中抽出一張，決心把畫一半的圖放阿嬤家，下回回來續畫；用這張新紙一氣呵成。

阿嬤請她多拿幾張白紙，免得畫壞了可以抽換。

她說：「不用，不會畫壞的。」

阿嬤簡直佩服了！阿嬤以前用稿紙寫作時，常常因為寫錯字或刪改，揉掉好多紙，海蒂居然說不會有這種狀況。

「那麼，既然是唯一的一張白紙，不會畫壞，當然更不能弄髒，這就得好好保護了。」阿嬤說著，從抽屜裡找了一個牛皮紙信封，將那張薄薄的白紙對摺，再鄭重放進去袋內。

海蒂看了，大笑說：「阿嬤好誇張喔！」

在月亮雪白、星星閃亮的夜色中，載著二姝離開的車子消失在視線中。阿嬤開始誇張地期待一張豐富的畫作。

延伸思考

孩子認真時，大人如果也跟著慎重其事，孩童雖然笑說誇張，心裡卻是高興的。何以見得？後來再次來時，海蒂沒有忘記曾經被隆重對待的那張紙，也沒有忘記她對阿嬤的承諾。果然第一件事就翻出牛皮紙袋內那唯一的一張白紙，揮筆而就一張畫得豐富的圖畫。她說：「我在家裡就想好構圖了。」

原來遊戲不需任何道具

傍晚四點左右，二妹不停要求出門去小公園：「我們很久沒去公園騎車了。」阿公看到外面日頭赤炎炎，恐嚇她們很熱捏，而且蚊子又多。二妹說不怕，可以穿長褲，諾立刻去翻出阿公近日買的防蚊褲穿上。

阿公無言以對，看看鐘，電子鐘的數字顯示「4:35」，說：「那就四點四十四分去吧！」

阿嬤急忙說：「你們去吧，我得在家裡看個文學獎的稿子，不然就賺不了錢。」

二妹歡呼後，諾直視著鐘說：「鐘走得好慢，什麼時候才會到四十四分呢？」

阿嬤靈機一動，說：「有個讓鐘走得很快的方法，不知道你們願意試試看嗎？」

二妹爭相說願意，問：「是什麼方法？」

阿嬤說：「方法很簡單，就是抱著親臉，時間會很快過去。」兩個小女孩應該是太迫切想出門了，一呼二應。

「親誰呢？」她們問。

「當然是親阿嬤才有效！你們不是看過《魔法阿嬤》？」

二姝居然毫無疑義地撲上來。阿嬤好鎮靜，慢條斯理說：「要一個一個來才行。來！親的時候不能偷看鐘，不然就無效。先看現在幾分了。」

四點三十六分。（其實已經三十六分有一陣子了）「好！長幼有序，海蒂先來。」

二姝興奮得不得了，海蒂急撲過來，阿嬤嘖嘖親了五秒左右，顯示三十七分。阿嬤歡呼：「你們看三十七分了！」全家往電子鐘望過去，二姝驚訝地大叫：「真的欸！阿嬤好厲害。」舉家大笑、歡呼。

阿嬤虛與委蛇客套一番，接著：「換諾了。」諾諾迫不及待撲過來，阿嬤享受未曾有過的熱吻（以前要親她，都跟阿嬤躲迷藏），Q軟的臉頰紅通通、軟綿綿的。阿嬤用眼角瞥看鐘裡的紅字，一俟轉變，立刻推開，說：「你們看，又變成三十八分了！」

就這樣，全家歡樂大叫：「哇，又過一分鐘了！」阿嬤的寒暄對話和親吻秒數拿捏得恰到好處，闔家歡聲雷動，持續直至四點四十四分，樂到最高點。

阿嬤這次真的賺飽了！原來遊戲不需任何道具，只要動動腦，脣落粉頰皆遊戲。（化用「落花水面皆文章」）後來，她們就帶著很high的情緒出門去，獨留阿嬤微笑閱卷。

延伸思考

小小的技術犯規，惹得一家子驚奇的歡聲雷動。小孩子驚訝阿嬤的神奇魔法，其他的大人駭笑阿嬤的誇張行徑，兩者巧妙地水乳交融成美好的互動。大人偶爾的放浪形骸，只要無傷大雅，常能為生活帶來無比輕鬆愉悅的氣氛。

這是特地為你做的道歉獎品

小孫女在玩具間發現一盒完全沒有拆封的黏土，欣喜若狂，立刻取出來問阿嬤可以玩嗎？阿嬤不明就裡，說玩具不就是拿來玩的嗎？

兩個小傢伙一聽，可樂了。立刻拆封，開始揉搓、按捏。同時間，阿嬤在書房打字，聽到客廳陸續傳出她們的哀號：「好硬喔！」後來才聽說，這盒黏土，原來是她們的爸爸怕弄髒家裡的地板，特意拿來藏在阿嬤家的玩具間的，年深月久，已經硬化了。（好傢伙，阿嬤家的地板是怎樣，就不怕弄髒？）

阿嬤忙著寫稿子，沒太注意她們的動靜。隔不了多久，忽然傳出海蒂隱隱的哭泣聲，久久沒有停歇，儘管阿公居中調停，看來都不管用。阿嬤出來探個究竟，才知道是姑姑惹了禍。姑姑不顧海蒂阻攔，將乾硬的黏土拿到洗手間去加水，打算用水稀釋成軟些，結果整個黏土變成稀巴爛，無法善後。儘管姑姑又道歉又提出補償方案，都無法讓海蒂釋懷。海蒂像鴕鳥一樣，將頭深深埋在沙發椅中，屁股翹得高高地號哭不止。

阿公、阿嬤都調停無功，海蒂堅持：「我已經事前跟姑姑說得很清楚，黏土就是硬的，只要用力多搓揉幾下就行，千萬不能加水，姑姑就是不聽。」阿嬤說：「既然都已經變成這樣了，姑姑道歉又願買新的補過，你為什麼就不能原諒她？」海蒂一直強調她事先說明得清清楚楚，姑姑就是不聽，悲痛欲絕，甚至一度不願參加原先說好的去小公園的跑步比賽。

半哄（阿嬤參加賽跑）半威脅（自己一人留家裡）的，才讓她就範。一到室外，微風徐吹，天清氣和，一下子她就忘了這段恩怨，跟妹妹、姑姑和阿嬤在小公園裡賽跑起來，阿公擔任評定輸贏的委員，幾回合下來，阿嬤全盤盡墨。但此事阿嬤沒忘。回程時，阿嬤納悶海蒂如此傷心的真正原因？故意跟海蒂走在後頭一問究竟。

海蒂說：「學校美勞老師有特別叮嚀不能加水，我記得很清楚。我事先就跟姑姑說過了，可是她就是不相信我，她不相信，讓我好傷心。」原來她傷心的不是黏土被毀掉，（她後來婉拒賠償）而是姑姑不信任她。海蒂這麼注重不被信任這件事，讓阿嬤很驚訝，原來小朋友也是很有榮譽感的。

阿嬤於是跟海蒂解釋：「大人因為年紀較大，經過的事情較多，常常以為自己比小朋友知道的更多，其實未必是這樣。姑姑是想設法幫你們搶救那盒黏土，也是一片好心。如果你有跟姑姑說得很清楚，說你們老師曾經教過你們，她應該就會聽你的。大人跟小孩子一樣都會犯錯，小孩犯錯後道歉會被原諒；大人犯錯後道歉也應該被原諒，何況姑姑已經答應要再買一盒給你了。」

海蒂低下頭沒說話，阿嬤接著說：「你想想看，姑姑平常對你們好不好？剛才也沒有計較你哭個不停，讓她很尷尬，還是跟你玩遊戲。我覺得你應該要跟她道歉，你剛才的哭鬧不停讓她好難過。至於你什麼時候、要怎樣道歉，就自己想辦法，自己決定，好不好？」海蒂答應了。

晚上吃過晚餐，二姝玩家事遊戲，用剩餘的黏土絞出一枝又一枝神似的假冰淇淋給大家吃。她後來跑到書房告訴阿嬤：「我把做得最漂亮的那枝冰淇淋送給姑姑，跟她說：『對不起姑姑，這是特地為你做的道歉獎品。』」於是，姑姪兩人前嫌盡釋。

諾諾聽說了，提議：「姊姊好棒，我們來給姊姊拍噗仔（拍手）！」

延伸思考

孩子對冤屈的忍受度極低，好不容易有比大人更多的見識卻被輕易抹煞，是可忍，孰不可忍？於是加碼演出悲痛。情緒正當無法收拾之際，當然無法接受勸導，更沒辦法好好說理。等到情緒轉移，較為心平氣和時，小朋友才能娓娓申訴理由。這時，大人的委婉勸導才能奏效。說理或勸慰都得等待適當時機，孩子的成長也需要耐心等待。

學鋼琴與阿嬤的玄想

諾諾來阿嬤家，喜孜孜地跟阿嬤說：「阿嬤，我媽媽要讓我去學鋼琴捏！你知道嗎？」

阿嬤說：「真是太棒了！是你要求媽媽的嗎？」

「是啊！我好喜歡彈鋼琴，媽媽說她會帶我去學。」

黃昏，我們去公園回來，姑姑跟阿嬤說：「剛才諾跟我說她媽媽答應帶她去學鋼琴，你知道嗎？她好高興。」阿嬤說已經聽她說了。

過不了多久，諾又湊過來問：「阿嬤，我有跟你說過嗎？我媽媽要帶我去學鋼琴了。」

阿嬤心裡嘟囔：「你莫非失智了，剛剛已經聽過兩次了。」但也因此知道她為了能去學鋼琴有多麼開心，那心情，套句鄭愁予的詩句，就像「北地裡忍不住的春天」。阿嬤就假裝第一次聽到般重複問她：「哇！太棒了，你一定很高興吧？」

阿嬤開始回想起，前些日子去國家音樂廳聆賞楊照的女兒李其叡鋼琴演奏的情景。

年方二十一的其叡，穿上美美的曳地長裙，坐在琴椅上陶醉地隨著彈出的醉人音樂搖晃著，時而皺眉，時而微笑，風姿好迷人，當然音樂更動聽。她的爸媽應該是強忍住歡喜的，說：「謝謝你們來。怎麼樣？還好嗎？」

什麼還好，根本是超級無敵棒吧！

諾諾也會是這樣嗎？屆時，阿嬤就要跟採訪記者說：「這孩子從小喜歡音樂，三歲左右，一回，阿嬤帶她到中正紀念堂去餵魚，回程時，剛好看到有個小朋友的畫展在堂外擺攤。阿嬤讓她跟姊姊每人各選一本書或畫冊，姊姊選了畫冊，她一眼就相中一個夾帶著琴譜的玩具鋼琴。回來後，就愛不釋手地自彈自唱。阿嬤我算是她的鋼琴贊助者，完全履踐了『因材施教』的理念。」

姑姑聽說了，說：「姑姑才是吧！是姑姑先買了一個手捲鋼琴引發她的興趣，並教她彈的吧。」

好吧！姑姑是啟蒙者，阿嬤是贊助者，兩人將來都能說上一大段鋼琴家的養成故事。

正陶醉間，阿公冷不防潑了盆冷水過來：「不要想太多！就怕跟她爸一樣，學鋼琴不成，換學小提琴；小提琴沒學好，又換學乒乓球、學下棋……」

這人怎麼啦？專門負責潑冷水？做人一定要這樣嗎？

延伸思考

懷抱希望，才有得償宿願的機會。玄想不必然只是玄想，只要付諸行動，就有機會。孩子的歡喜藏不住，樂觀的阿嬤，一逕保持樂觀的想望。人生能保持樂觀的想像，夢想就能朝理想前進。

不必稱讚「天賦」？

諾諾識字不少，跟姑姑學琴也進步很快。阿嬤稱讚她好會念書，認好多字，她毫無喜悅的表情。

之後，她在姑姑指導下又彈出幾段曲子，阿嬤忍不住又讚美她。她依然一副無所謂的酷酷表情。

阿嬤忍不住問她：「阿嬤稱讚你，你一點都不高興嗎？」

諾說：「沒有特別高興啊。」

阿嬤續問：「你不會因為有人稱讚你，而開心地更加努力嗎？」

諾回：「像認字或彈琴的事，你不稱讚我，我也一樣會認真去做，你不必稱讚了吧。」

阿嬤有點沮喪，說：「那阿嬤不是白白稱讚你這麼久了，真浪費。」

諾說：「有時候是很喜歡被稱讚的。譬如，你如果稱讚我舞跳得好，那我就會很高興。」

阿嬤稍稍了解了，大家都說姊姊舞跳得好，她好強，不甘心，立意跟姊姊互別苗頭。可是天下哪有可能事事都第一的呢？

她停了一下，好像讓阿嬤消化一下她剛才說的話，然後接著補充：「我自己已經很棒的事，你稱不稱讚都一樣，就不必稱讚了。」

這意思是怎樣？她的意思是不必稱讚「天賦」，只要讚美「努力」嗎？她是天賦異稟嗎？難道阿嬤的由衷讚嘆真是多餘的嗎？

這小童子的腦袋是遺傳了誰？這麼囂張！真是不知天高地厚的傢伙！

延伸思考

諾諾一向有老靈魂，說話老里老氣。但仔細一想，似乎又不無道理。心理學上有一種說法，家中的次子女因為必須仰望長子女，因此受到更多的刺激，得跑得更快才能追上兄姊。所以，通常次子女總是精力充沛、勇往直前，好勝心強。諾諾表達希望不必稱讚她的強項，如認字或鋼琴；但期待在她不如姊姊的舞蹈、畫畫上，大人能多給她鼓勵、刺激她進步，倒和心理學家阿德勒的說法不謀而合：「姊妹不能以同樣的標準教導，應就孩子面臨的困境給予協助。」

男版灰姑娘

因為父母出門去，二妹暫時交由阿公、阿嬤代為保管。她們在姑姑的督導下，早上七點起床，晚間九點半前入睡，非常規律。跟阿嬤睡的二妹，早上起床後，躡手躡腳到洗手間漱洗、著裝，一點都不敢驚動阿嬤。阿公在廚房把阿嬤跟姑姑昨晚張羅的飯糰材料組裝給二妹吃。

上下學由阿公和姑姑輪流接送。姑姑還督導課業，阿公還負責吃喝，阿嬤在午後才加入娛孫行列。

阿嬤為了解除她們的無聊，決定抽空跟她們玩遊戲。

玩什麼遊戲好呢？姊姊建議玩灰姑娘遊戲扮演。她和妹妹輪流當灰姑娘，阿嬤擔任繼母，姑姑跟另一位姊姊或妹妹擔任灰姑娘的壞心姊姊。

姑姑心不在焉，阿嬤玩得起勁。開始厲聲使喚灰姑娘整理屋子、擦地板，還諸多挑剔，姊妹無怨無尤恭謹地照著使喚行事。

繼母深知她們的好惡，差遣她們：「幫母后梳妝打扮前，先伺候洗頭；繼母我洗頭時，請幫忙準備換洗衣物；頭髮洗好後，幫忙著裝、擦乾頭、吹乾頭髮，還要『sedo』。」

兩個小女生一聽可以幫繼母「sedo」，爭相擔任仙杜瑞拉，真的把繼母的頭整理得有模有樣，跟洗髮店姨婆吹出的髮型沒兩樣。接著又使喚她們煮麵，收拾家務。一會兒去這邊倒開水，一會去那邊找書本，阿嬤只消在沙發上盤坐著，出一張嘴，一下子扣分、一下子記嘉獎，兩個小娃兒被嘉獎得很有成就感，一整個午後就在勞動服務中度過。

晚上吃過飯，阿嬤在書房內忙了一陣，接著請幫姊姊複習好功課的姑姑，接續幫忙整理電腦內阿嬤發表過的文稿。阿嬤出到客廳，閒坐客廳的諾諾馬上拿了一塊削好的梨給阿嬤吃。姊姊出來看到梨只剩了兩塊，自取一塊，趕緊又拿了一塊進去書房給姑姑。

阿嬤稱讚姊妹倆好乖，有關心長輩。諾諾不好意思地說：「啊，我剛剛吃太多塊了。」然後，她忽然對著正吃梨的阿嬤說：「其實，我覺得阿公才是我們家的仙杜瑞拉。」

阿嬤把最後一口吞下問：「你說什麼？」

諾回：「阿公就像男的仙杜瑞拉，所有的家事都阿公在做，這個梨也是阿公削的捏！」

這是諾諾全天候待在阿嬤、阿公家兩整天後的觀察心得嗎？

阿公從書本中抬起頭，看過來。

諾諾說：「我忘了要謝謝阿公。……謝謝阿公。」男版灰姑娘感動得差點紅了眼眶。

延伸思考

遊戲的情節綰合了現實的生活，小諾於是感動生發，對阿公產生由衷的感謝，並附上示愛的言語，誰敢說遊戲是浪費時間。但慚愧的是，阿嬤雖然真的沒有使喚或虐待男版仙杜瑞拉，男版仙杜瑞拉服勞役絕對都是出於自願的，但被類比成繼母的阿嬤，還是有點不好意思地跟著道謝了。這位才五歲餘的小姑娘，未免太觀察入微也太會類比了吧。

照相的方法

1

旅行時，用眼睛幫大家照相的諾諾

阿嬤跟小孫女諾諾說話，她老心不在焉，只顧著做其他事。阿嬤責備她：「目中無人，眼睛裡都沒有阿嬤；阿嬤跟你說話，你卻都不看我。」她立刻雙眼緊盯著阿嬤說：「阿嬤，你的眼睛裡有我欸。」

我說：「那我來看看你的眼睛裡有我嗎？」她目不轉睛盯著阿嬤，阿嬤好興奮回說：「真的，你的眼睛裡也有我欸！」

聽這一說，她可高興了，隨即興奮地唱起兒歌〈眼睛〉：「你看著我，我看著你，在我的眼睛裡，有一個微笑的你；在你的眼睛裡，我看見了微笑的自己。」看來，她已充分領略歌詞中的三昧。

二〇一九年年初，舉家去西班牙和英國旅行。一日，住在巴塞隆納山間的石頭屋民宿。

次日，我們朝山上聽說只住了二十五個人的村莊前進。媳婦感冒，只能據守石屋。其餘六人輕鬆上路，山巒壯闊，車行流利，真是賞心悅目。小村莊幾乎不見人煙。天氣超級冷，媽媽沒來，小朋友時時記掛，每見一新鮮事，都想跟媽媽分享。

阿公的手機沒電了，無法照相。他笑著自我解嘲：「我只要看，用腦子記起來，不用相機。」

隔了一會兒，諾諾不讓姑姑拍照。姑姑勸她：「你要讓姑姑拍照，以後長大了，看起照片，才會記得你來過這裡啊！」

諾諾回姑姑：「我跟阿公一樣，用眼睛照相，不必用手機。」阿嬤說：「那麼，你有把阿嬤照起來嗎？」諾和海蒂都立刻走到阿嬤前面，看著阿嬤的臉，眼睛一眨，說：「我照起來了。」就這樣，只要看到好風景，兩個小朋友就眨眼。搭車離開時，海蒂湊上前問：「阿嬤，你的照片總共儲存幾張了？我已經用眼睛照了二十張了。」諾諾說她照了二十一張，比姊姊多一張。

「最滿意的是哪一張呢？」阿嬤問。兩人不約而同說是臨去秋波那一張：「一邊是山，一邊是海的那一張。」

小朋友反問：「阿嬤呢？」阿嬤受到啟發，也學會用眼睛照相，說：「我照了十六張，覺得最美的是：海蒂和諾諾站到阿嬤前面，對著阿嬤眨眼睛的那兩張。」

2 上學後，用提問和思考為人生照相的海蒂

去學校接孫女海蒂時，總見一排排小童子眼巴巴望著、期待著家人來接。家人一出現，小童便像蝴蝶般飛出隊伍。

因為不忍讓孫女望穿秋水，我總是趕在園門一開就進去。但想到總有些家長可能因為什麼樣的原因遲到，又覺得及早把孫女接走，對那些巴望的孩子有些殘忍。

在回家的車上，海蒂跟阿嬤說：「我希望以後當老師，不當明星了。」阿嬤好奇問為什麼，海蒂說：「當老師很棒，可以教小朋友什麼是對的，什麼是不應該的。」

阿嬤高興有了傳人，跟海蒂說：「真好，阿嬤也是老師，只是阿嬤教的是大一點的學生。」海蒂問：「大一點的學生好教嗎？」阿嬤說：「好教啊！老師如果認真，學生都很好教啊；他們比較大，比較懂事，對老師都很好。」

海蒂想知道她們對老師怎樣好，阿嬤本來想說老師如果在臉書上跟臉友抬槓，學生就會來聲援老師，但這事她恐無法理解；於是，就舉演講的事做例子：「阿嬤每次在臉書上說要去哪裡演講，住在那裡的學生就會很熱情寫信來，說要來接我、送我。你昨天在阿嬤家看到一箱肚臍柑吧？那就是阿嬤去中學演講，阿嬤學生的學校送的，怕阿嬤拿不動，特地宅配送過來的。」

海蒂說：「阿嬤的學生還在上學？」「不是，阿嬤以前教的學生，現在在中學當老師了，阿嬤去給她的學生演講。」

海蒂總算弄清楚了，她很當一回事問：「你那位送來肚臍柑的學生是留長髮？還是短髮？」阿嬤回想了一下答：「應該是長髮，她紮在後腦勺了。」

「那她是胖的？還是瘦的？」「不胖也不瘦。」

「那她長得高嗎？」「很高哦。」

問完了外表，海蒂問：「她為什麼對你那麼好？」阿嬤說：「因為她是個好孩子，常常記住了別人的好。她念書的時候，對同學很熱心，常幫助解決同學的困難；教書時，對學生也很好，又認真，又不驕傲。……阿嬤還記得，當年教她的時候，她還常常在暑假、寒假去很遠的地方陪伴爸爸媽媽不在家的小孩遊戲、讀書。阿嬤也不知道她為什麼對我這麼好，阿嬤只是偶爾在她流眼淚的時候陪著她流淚吧。」

海蒂俯首，若有所思。久違的台北盆地陽光從窗外照進車內，打在她略顯金黃的髮上，感覺似乎閃爍著光。阿嬤私心期待海蒂可以做個好孩子，就像這溫暖的光。阿嬤不自禁跟孫女推心置腹：「阿嬤覺得每次接海蒂回家，一路上跟你這樣聊天談心事，是最幸福的時光哪。」海蒂輕聲說：「我也很幸福，以後會常常想到下課後有阿嬤跟我在車上聊天。」

阿嬤覺得海蒂也開始用提問和思考為人生照相了。

延伸思考

人生處處有溫暖，端視人們是否能用眼看到、用心體會出來。海蒂學會了提問，從提問裡了解觀看角度的多元，將會看到更多的風景。而諾諾從簡淨可愛的兒歌裡，窺看眼睛的返影；從阿公用眼觀看、用腦記住的思維，發明了用眼睛照相的抽象記憶。她們將來應該會成為一個容易感知幸福的大人，那是一生用之不盡、取之不絕的財富。

家長投票的練習

1 二姝圓滿完成人生中的第一次投票

諾諾拿了一本《動物選總統》（上誼文化）的繪本書過來，說希望跟阿嬤一起看。

阿嬤放下手邊的活兒，聽諾諾唸出書裡的內容。是一本很符合現實的書，正值大選期間，不管電視裡或外頭的各式海報、宣傳車，都符應了書裡的動物選舉。

姊姊一旁寫功課，阿公忙進忙出，姑姑一旁聆聽，都清楚聽到諾唸出的故事。阿嬤靈機一動，提議下午闔家去游泳之後，來舉行一場一季家長的投票活動。從政見發表開始，到攜帶身分證、印章，排隊去領票、投票，然後開票、計票，最後宣布投票結果。

姑姑印了一式投票單五張，說明投票規則，一人一張票，憑身分證和印章領票，不能蓋自己的印章，不能偷看別人的選票投誰，開票時需亮票給監察人看。

妹妹本來不想發表政見，問阿嬤什麼是政見？阿嬤說：「政見就是你對這個家庭想做什麼貢獻？幫什麼忙？譬如你想每次來都說個笑話讓大家開心，也是可以的。」

她聽這一說，信心陡長，決定參加政見發表會。怕大家講太長，阿嬤規定每人至多只能說三個政見。

這個首次的家長選舉，由阿嬤開始示範政見發表。阿嬤說會努力工作，出新書、賣書，得了錢讓家人一起去旅行；每星期六帶小朋友去游泳；分攤家務，不讓阿公太辛苦。

接著阿公發表，阿公的政見言簡意賅：「我是一號，我只有一件發表，我會好好愛大家。結束了。」

姑姑說，她會努力找工作，幫忙帶小朋友到各處玩，陪小朋友做手做、摺紙等等；然後，孝順父母。

姊姊海蒂說：「我有三個政見要發表：第一是我希望每個小孩都會孝順父母；第二希望我的妹妹不要來煩我、吵我做功課；第三希望大家不要去抓捕野生動物和殺動物。」

妹妹廢話不說，直接說了兩個故事：我要講三個笑話，第一是U跟Z兩個小朋友一起出去玩，U忽然哭了，Z就跟U說：「U你哭了？（Uniqlo）？」大家笑了。

諾又說：我要問一個問題：為什麼狐狸每次都會跌倒？

阿嬤說：「請公布答案。」

姊姊搶答：「因為狐狸『腳滑』（狡猾）。」第三忽然想不起來，只好只講兩個將就。

阿嬤跟姊姊說：「政見是說自己如何幫助別人，不是說別人的壞處。第三點關切動物就很好。」（她一定是受到這次的政見發表會影響了。）妹妹馬上接著說：「她說的『不要』是針對我。」

阿嬤也接著指正諾諾：「政見是很嚴肅的事，不是隨便說笑話。你可以推出

『用笑話來讓大家每天都開心』的政見，但不能直接讓笑話上場。」諾憮然不語。

首次投票由姑姑唱票，海蒂監票，阿嬤計票。結果：姊姊得一票，阿嬤兩票，姑姑兩票。經過討論後，決定同樣得兩票的人再決賽一次。票請投在備註欄內。

這回，海蒂搶著唱票，諾說她想監票，依然由阿嬤計票。結果姑姑得了三票，阿嬤兩票落選。

最後，由諾諾宣布選舉結果。二姝圓滿完成她們人生中的第一次投票。

2　所有政見都將被檢視

上回，全家舉行政見發表會，接著選出姑姑擔任家長。

幾天後，諾諾纏著姑姑：「姑姑，你來教我摺紙吧！」

姑姑正忙著其他事，諾義正辭嚴說：「你要實現你的政見啊！你的政見曾說過要教我們摺紙。」

今午，嬤孫對坐聊天，諾諾說：「阿嬤，你星期六會帶我們去健身中心游泳吧？」

阿嬤還來不及回答，她又接著說：「帶我們去游泳是你那天說的政見喔！」阿嬤很驚訝，回說：「我沒當選，你們又沒選我。沒當選也要實現政見嗎？」諾說：「好的政見，就算沒選上也應該實現啊。」

晚上的飯桌上，阿嬤把此事說給阿公跟姑姑聽。阿公很機警地回說：「阿公今天有實現我的政見喔！我今早去福利中心理頭髮後，還去全聯買小朋友的日用品，還去南門市場買菜。阿公很認真愛你們大家喔！」

海蒂說：「真的很認真喔，先去西邊，再去東邊，又回到中間。」阿嬤驀然聯想起〈木蘭辭〉。

兩位小孫女和阿嬤、姑姑都給阿公拍手。阿嬤也沒示弱，說：「你們今天讚不絕口的晚餐可是阿嬤做的，阿嬤也有履行不讓阿公太辛苦的政見。」阿公跟姑姑、二姝也給阿嬤「拍噗仔」。

因為有人監督，一整晚，姑姑很認真實踐著她開出的政見——陪兩位小公主做功課、玩遊戲。當選看來要承擔的事很多，不是好玩的。

延伸思考

選舉期間，人聲鼎沸，眾聲喧譁。外頭宣傳車川流，家裡面一打開電視，選舉新聞充斥，小朋友不時納悶：「選舉到底是怎麼一回事？」一本童書看似為孩子解惑，其實只是一知半解。未來國家的主人翁，提早儲備公民素養是國家之福。於是從選家長開始實習，讓選舉流程一一走過一番。政見的實踐與否，成為檢視是否適任的標準，孩子們可沒放過當選者，她們嚴加督責，姑姑應接不暇的狀況，應該讓孩子理解了信實承擔的意義。

旅途中的三道機智問答

舉家去西班牙、英國旅行二十一天，旅途中，大人輪番接受六歲半的海蒂和不滿五歲的諾諾的請益，差點兒招架不住。以下三題就像機智問答，最考驗大人。

第一道：關於耶穌

在巴塞隆納旅途中參觀了幾個教堂。回民宿後，姊妹倆相繼發問。

諾諾問：「為什麼耶穌只有男生沒有女生？」

爸答：「也有女的神啊！只是不叫耶穌，叫聖母瑪利亞，是耶穌的媽媽。」

海蒂問：「那耶穌有女朋友嗎？」
爸答：「應該有吧，爸拔跟他不熟。」
諾問：「為什麼耶穌的鬍子比你長？」
爸答：「因為他掛在十字架上，沒辦法刮鬍子。」
海蒂問：「耶穌幾歲了？」
爸答：「他如果活著，應該有好幾千歲了吧。」
海蒂問：「他為什麼生在馬槽裡？」
爸答：「因為他們很窮。」
海蒂問：「人家為什麼要釘他？」
爸答：「當時的人認為他亂說話，所以處罰他，後來才知道他說得其實沒錯。」

海蒂問：「為什麼要把他掛在十字架上，不用其他方法？」

爸答：「因為有現成兩根木頭，很簡單，很容易就釘上了。」

以上的機智測驗，兒子險險過關。兒子轉述的最後，擦著汗說：「當晚，想起白天的問答，居然失眠了。」

我不禁想起小時候家裡客廳牆上掛了一幅〈聖母抱嬰圖〉。只要有比丘尼前來化緣，因為我們家窮，無法奉獻，媽媽就往牆上的圖一比，說：「阮信遮。」（我們信這個）比丘尼二話不說就轉身離去，母親也馬上轉身拜祖先，跟他們告罪。二姝應該跟當年的我一樣困惑吧！關於宗教。

第二道：關於無奈

逛完巴塞隆納港，去過西班牙哥德區，看遍舊城區。小諾可舒適了，坐上小姑姑帶來的娃娃車，遍覽城市風光。回居處前，還去觀光市場繞了一圈，人潮滾滾，市聲喧闐，五顏六色的蔬菜水果、長串鮮豔辣椒……真讓人目眩神移。

中午在古城巷弄間的小酒館，吃了好美味的食物，就像置身日本京都的居酒屋裡，只是京都左右環繞的黑髮亞洲人，在這裡換成尖鼻子的歐洲人。

晚間，導遊兒子說：「導遊太辛苦，可否告假一晚，帶著太太去喝酒尋歡。」於是一對無良父母穿戴整齊，放下啼哭小諾給阿嬤照管。阿公不勝白日辛苦走路，早早陣亡；前一日剛飛來團聚的小姑姑和時差奮戰不力，也倒臥不起，只剩精神奕奕的阿嬤獨立撐持。

原本要結束一篇文章的，小諾一旁頻問阿嬤何時可以陪玩？阿嬤一時無法下筆，也不堪糾纏，就闔上電腦說：「好吧，先陪你們玩吧。」諾竟然接著說：「反正你現在應該也還想不出要寫什麼吧！」阿嬤大驚，此姝精靈。

阿嬤跟孫女玩遊戲、唱歌、說故事，節目進入尾聲的睡覺。小諾開始啜泣要找媽媽。

阿嬤勸到口乾舌燥，全不管用。海蒂也跟著遊說：「爸爸媽媽出去談戀愛，這樣爸爸才不會常常打電腦遊戲，媽媽也才不會常常罵爸爸。你就不要再哭了，要給他們一點空間。」

阿嬤聽了，目瞪口呆。

躺到床上，諾諾依然嚶嚶哭泣。姊姊煩了，說：「你不要再哭了，這樣我怎麼睡覺？我給你三個選擇：第一，你去跟阿公睡覺；第二，你可以不睡覺，睜著眼睛在床上乖乖躺著；第三，你就乖乖睡了吧。」

妹妹選擇了第二。但還是忍不住偷偷哭。

姊姊又說：「妹妹，你要知道，這個世界不是你要有什麼就會有什麼的，你哭也是沒有用的，不如睡了吧。」然後，小諾終於絕望入睡。

七歲的姊姊比年近七十歲的阿嬤更機智、更具說服力，阿嬤好慚愧。

第三道：關於孤立

洗澡後，二妹都期待上樓跟姑姑、阿嬤舉行睡衣趴。

睡衣趴的內容其實只是簡單地說故事和搶答。四人輪流說故事，並在故事說完後，出題讓聽故事的人搶答。搶答之激烈，前所未有，雖然獎品都是臨時從行李角落撿來的假裝小玩具。

起始是阿嬤每天在旅程中隨機編故事，故事的主角是被禁錮在皇宮內的公主。像單元連續劇一樣，天真無邪的公主不耐煩每日在皇宮內過無聊的生活，她偷偷潛出皇宮，遇見許多不同的人和動物。阿嬤每天講一則完整故事。

公主因為身居宮中，缺少庶民生活經驗，常常鬧笑話；也因為事事新鮮，件件關心，發現很多民間的困難，回宮稟報父皇，做為皇上和人民的橋樑。小朋友聽了好上心，好青睞公主的足智多謀。有時旅途中，路走多了，提早睡了。次日，姊姊還不忘提醒阿嬤得補講。因為是臨時瞎編的，有時阿嬤忘了具體內容，兩姊妹還會幫阿嬤前情提要一番。

阿嬤的故事比較海闊天空；小朋友講的故事多半有所本，譬如說一隻兔子的故事，雖然主角是兔子，但發生的事常常是現實中她們和家人身歷的情節。也就是「此中有人」，大家都可以參照著對號入座。

一日，諾諾不禮貌，惹阿嬤生氣。阿嬤罰她不准參加當日的睡衣趴，諾諾做出一副不在乎的樣子。其後，阿嬤問姊姊海蒂什麼時候要上樓開睡衣趴？姊姊說：「可是，妹妹說她不參加睡衣趴咧。」阿嬤說：「是阿嬤罰她，不讓她參加的，哪裡是她自己不想參加。」海蒂錯愕不語。

阿嬤再問：「妹妹不參加，那你到底要不要參加？」海蒂起始低頭不語，看出內心掙扎。其後忽然回說：「中秋節時，我們到表妹琛琛家作客，我聽表妹的話，不跟諾諾玩。回家後，你不是罵我不應該讓妹妹孤單。如果有人不肯讓妹妹加入遊戲，我應該拒絕跟那人玩。……」

阿嬤大吃一驚，竟然差點淪為拉幫結派的凶手，讓海蒂左右為難。

這一想，阿嬤趕緊改弦易轍，跟一旁的諾諾說：「阿嬤看在姊姊這麼愛護妹妹的份上，讓你參加今晚的睡衣趴。……但是，你想參加嗎？」

諾諾不好意思地點頭，然後，偎到姊姊身旁撒嬌說：「謝謝姊姊。」

延伸思考

三人行，必有我師焉。一趟家人偕行的旅遊，不只促進彼此的親密關係，也同時見識了孩童天真的機趣。大人是本尊，孩童是分身；孩童受教模仿，大人從孩童的實踐上學會反省。小童子天籟般的言談，提醒我們：大人的一言一行都是重要的身教，必得格外小心。就說第二則關於「無奈」的三個選擇，阿嬤就從中看出是她們的爸爸平日說話的複製。

在問答中理解城市的運作

某日午後回台中，隔天早上，朦朧中，聽到姊姊海蒂悄悄跟剛睡醒的妹妹說：「穿上毛衣，不要吵到阿嬤，我們到廚房去吃早餐。」然後，一陣窸窸窣窣後，走了。

阿嬤好感謝孫女的體貼，知道阿嬤晚睡，不打擾。阿嬤也趕緊起床，看到姊姊正招呼妹妹吃早餐，桌上有水煮蛋、牛奶玉米片和水果。另有一張海蒂寫的小紙條：「諾諾　姊姊和阿公去市場買東西，桌子上有早餐可以吃。姊姊上　一月二十二日」原來，海蒂原本要跟阿公先去市場買菜，後來因為阿公太勤奮除草而作罷。

阿公在院中忙著，諾在飯桌前吃早餐，隔窗看著阿公彎腰除草，很有感受。接著在姊姊的紙條上，寫下心得。她不時問阿嬤怎麼寫，終於完成：「阿公在八點五分開始工作，超辛苦的阿公。」後來阿公看到紙條，差點哭了，不愧是阿公的愛人。

海蒂拉著買菜車，跟阿嬤一起上市場買菜。途中看到空中電纜線亂七八糟拉過來、拉過去，很好奇那是什麼，為什麼台北的天空沒有？

阿嬤很開心孫女對環境有特殊的觀察。跟海蒂解釋：「因為台北市是首都，所以一切的設施都比較完善也比較前衛。天空上那些叫電纜線，在台北也有，為了美觀，常常被埋在地下。」

「什麼是首都？」海蒂問。

「首都一般就是總統或政府單位上班的地方。」

阿嬤忍不住跟孫女說：「台灣目前還有很多地方比較落後，不像台北有高鐵、有捷運、有國家劇院、音樂廳，還有國家圖書館、故宮、國父紀念館。……那些偏遠地方常常交通很不方便。因為人口少，公車的班次很少，很久才有一班車。」

海蒂問：「多久？」

「有時一小時才有一班車，錯過班車，就得再等上一小時。有時一整天才有一班車，很不方便。」

「那台北通常多久有一班車？」海蒂問。

「台北很密集，捷運甚至三、五分鐘就一班。更偏僻的地方，甚至連醫院都沒有，生病了，就很麻煩了，這樣是很不對的。因為大家賺的錢都一樣要繳稅，所使用的公共設施卻相差很多，這叫『城鄉差距』。我們要督促政府在這地方多努力。」

海蒂問：「台北最受優待，第二個城市是哪裡啊？」

阿嬤說：「應該是高雄吧！」

海蒂問：「就是韓國瑜當市長那個高雄嗎？」

「是的。那你知道台北市長是誰嗎？」

「知道啊！是柯文哲。」

哇！還滿關心時事的嘛！但知道新選出的總統是誰嗎？

「蔡英文。」

副總統呢？

「賴清德。」

呵呵！時事測驗滿分。

海蒂又問：「為什麼台中的房子都是矮矮的，有院子，台北的都是高樓？」

「台北也有矮矮的房子，只是我們住在台北的市中心，比較多高樓，小屋子躲在偏遠的地方；台中市也有很多高樓，只是我們潭子老家是台中的郊區，郊區地大，不必起高樓。找一天，阿嬤開車帶你們去看台中高樓林立的地區。」

一題解決又一題，從小市場出來，海蒂的問題又來了。

「阿嬤，為什麼台北的菜市場多半都在屋子裡，整整齊齊的？為什麼台中的菜市場，都是一長條，一間接一間的，看起來亂亂的？」

阿嬤笑著說：「其實台北也有亂亂的傳統市場，只是我們在台北的家跟你們家都剛好在市中心，所以超商都藏在大樓裡。潭子是台中的郊區，所以比較樸實，大多是傳統市場，比較跟以前一樣。」

海蒂若有所悟說：「就是新舊不同嗎？新蓋的在大樓裡，有冷氣；舊的比較老，也比較髒亂。」啊！啊！一語中的。

延伸思考

諾諾坐看阿公在園中除草，感受阿公的辛苦；海蒂跟阿嬤一路走進鄉間市場，發表對鄉間建築與市場格局差異的發現，進一步探問所以致之的緣由。阿嬤都盡可能耐心回應一波又一波的提問。一方面欣幸孫女成長的速度，一方面也警覺必須隨著長進，否則很快要趕不上她的進度。

一趟市場行，嬤孫相互切磋，孫女固然得知不少新知，阿嬤也被小朋友的提問，逼著重新凝眸審視了周遭的變化。

阿嬤，你很傷人欸！

阿嬤晚起，阿公在廚房裡忙著為阿嬤做早午餐。阿嬤竊喜，聽廚房傳來抽油煙機的聲音，覺得不勞而獲真好。

沒一會，阿公走過來說：「阿嬤先吃吧，我們都吃了早餐，還吃不下。」

阿嬤信步走進廚房，看到桌上擺了三道菜——清炒高麗菜、青豆玉米胡蘿蔔炒肉絲、清蒸鱈魚，立刻崩潰跑回書房，對著正在剪貼的阿公說：「真是超絕望的午餐啊！你明明知道我一向不喜吃魚，青菜中最不喜歡吃高麗菜，尤其最最討厭吃紅蘿蔔、玉米和青豆。這三道菜擺明了不讓我吃午餐。」

「我想的是孫女愛吃的，壓根兒忘了你不喜歡；而且冰箱就剩下這些食材。」阿公辯白。

諾諾跑過來很生氣指責阿嬤：「你就是不喜歡阿公的啦，哼！」海蒂也加入，說：「阿嬤，你很傷人欸！你這樣真的很傷人欸。阿公為你辛苦做飯，阿嬤你很糟糕。」

阿嬤備受攻擊，吶吶辯解：「我只是說實話啊。」

海蒂加碼演出：「阿嬤，你不應該偏食。你做的很鹹的茄子，我舌頭都麻了，但我還是勉強吃。」

阿嬤回：「太鹹的菜不會是阿嬤做的，那是阿公做菜的特色。」

姑姑總算仗義執言：「確實，太鹹的菜不會是阿嬤做的，那是阿公的拿手。」

有人支持的阿嬤逐漸冷靜下來，想著：「這位阿公實力不可小覷，兩位小孫女都為他說話，譴責阿嬤，阿嬤可能需要深自檢討。（顯見這時代不容許說實話）。不過話說回來，也許這樣才能達到減重目的，未嘗不是因禍得福。」於是，悻悻然走開。

延伸思考

面對不平的事，敢於挑戰權威，主持公道，不管老少，都是難得的美德。說錯話或做錯事的長輩，如果勇於承認錯誤，是所謂的「知恥近乎勇」，也還值得原諒。從小就能明白是非、不畏權威，且能一語準確戳中要害，長大了，積累了膽識，遇事就不會膽怯畏縮，才堪承當大任。

握手言和

早上起床，諾諾興沖沖跑來請阿嬤幫她照相。

阿嬤好詫異，諾一向不喜照相，原來一本叫《小報亭》的書中有個空位，正好可容一臉合照，阿嬤覺得她的心情應該不錯。

隔了沒多久，二妹前來邀請阿嬤出到院子和她們一起玩「黛玉葬花」。阿嬤在過年前後時間，忙著煮飯做菜，都沒時間陪她們玩，自覺有些失職，於是，欣然應邀。

阿嬤幫忙找落花，有黑掉的粉撲花，也有依然鮮豔的九重葛。三人分別找較溼軟處下手。

二妹說：「我們不想葬黑掉的，只要葬漂亮的。」

阿嬤說：「黑掉的花我來葬，是老了後死去的，也是要善待它。」

於是，阿嬤葬了兩朵黑掉的；諾葬了一朵鮮豔的、一朵老死的。說：「鮮豔的是我，黑掉的是阿嬤。我來陪阿嬤。」

海蒂則葬了兩朵鮮豔的，外加一朵老死的。她沒解釋，但阿嬤知道她的意思，她是要兩個孫女來陪阿嬤。阿嬤深受感動。

但玩啊玩的，阿嬤葬了五處，站起又蹲下、蹲下又站起，起身時慢慢覺得吃力。站起來在一旁陪伴，覺得有些無聊，乾脆進門去取手機幫忙拍照。二妹頻頻抗議，阿嬤說：「我已經葬了五次，其他你們自己來。」

二妹屢叫，阿嬤不聽話，兩人氣呼呼進門去洗手。阿嬤也生氣了！

隔了一會兒，諾來跟阿嬤說話，阿嬤說：「既然你們不開心，阿嬤也不想理你們。想想看，阿嬤最近腰痠背痛，還在看醫生。忍痛陪你們葬了五次，起身時還要諾來扶，這樣你們還生氣，真是太不值得了。」

諾說：「你根本沒有告訴我們你腰痠背痛，你為什麼不說這個？」

阿嬤說：「這還要說嗎？阿嬤起身時都讓你們來幫忙了，難道還看不出來？我站著陪你們還不夠！」

諾說：「你站在那裡可以啊，幹嘛照相！」

阿嬤說：「照相是為你們做紀錄，有什麼不好。」

諾說：「照相沒有不可以，做紀錄一張就可以，為什麼照那麼多？」

阿嬤被她的伶牙俐齒堵得啞口無言！孩子氣似地回她：「那一早跟《小報亭》一起照那麼多張，你為什麼不抗議？」

姊姊一旁聽我們一來一往的，一下看阿嬤、一下看妹妹，眼花撩亂的。

我問姊姊意見，姊姊思考了一會兒說：「阿嬤，對不起。」

諾諾也轉過話頭說：「其實我也想跟姊姊說一樣的話的，被姊姊先說去了。」

（這賊包！）

姊姊問阿公、阿嬤喝過咖啡否？於是轉身開始幫阿公、阿嬤沖煮咖啡，妹妹幫忙用小碟排小番茄，全家就在咖啡香及水果滋味中，分別合照，握手言和。

延伸思考

勇敢說出心裡的不滿，可以諒解，可以包容。接納個別差異後，修復關係。阿嬤把心裡的委屈吐出，二姝吸收，理解後道歉，三人言歸於好。所有的人際關係就是這麼運作著。阿嬤的委屈裡，其實埋藏著深深的感謝：承蒙小朋友不棄，在葬花的「兩朵鮮花護衛一朵枯萎」儀式裡，阿嬤被左右護衛著、疼惜著。

後記

感謝——人生如此，夫復何求

二〇一八年十二月二十三日，去參加一場最動人的餐會，是雷驤先生的學生為他慶祝八十大壽。學生娓娓訴說接受老師啟發的經過，我深受感動。我說：「雷老師真是個好老師，做為朋友的我，覺得與有榮焉；但相較之下，我專任教職三十六年，預料是不會有這麼風光的場面，又感到無限慚愧。」

旁邊坐著著名書評家傅月庵。酒熱耳酣之際，他跟我說：「廖老師，我覺得你一生最大的成就是……」

我私心以為他要稱許我努力帶孫女，沒料到他接著說：「就是嫁了個好丈夫。」

外子聽了，龍心大悅，立刻跟他舉杯稱謝。

次日，公視播出的訪談，赫然發現，我在螢光幕上竟然已經對阿公大加讚美了一番（錄了一段時間都忘了說些什麼），深為自己「先天下之『知』而『知』」而感到驕傲。

沒料到轉頭要跟阿公炫耀自己的睿智，居然發現阿公老淚縱橫，用掉好幾張衛生紙！天啊，男人真好騙，才幾句話就招得他如此熱血，早知再多說幾句，可能一年的勞務都得以豁免。

媳婦跟兒子的家裡沒電視，好像是到朋友家一起觀看。棚內訪談一開始，媳婦就Line來一個錄影，聲色俱全。是諾諾轉頭看到阿嬤的鏡頭，立刻大喊：「阿嬤，Hello！……哎呀，你怎麼又蹺腳！」阿嬤當場被抓包，孫女從外婆處得到「不要蹺腳」的叮嚀，正嚴格在阿嬤家執行蹺腳監督。接著媳婦又Line來幾張照片，兩位小孫女衝到電視機前，搶著對螢光幕上的阿嬤親嘴。阿嬤看了都醉了。

據說，二姝在外婆家看到許多肥碩漂亮的芥藍菜，立刻請求外婆：「我阿嬤最喜歡吃芥藍菜，婆婆可以送一些給阿嬤嗎？」阿嬤聽了真是超感動的。於是，媳婦真的帶著兩姊妹的外婆送的芥藍菜回來；到了晚上，立刻先炒了一大盤，全家吃個痛快。啊，謝謝貼心的親家母。

我一生其實有許多的「成就」，有好學生在遠方；有丈夫和可愛的孫女、兒女在身邊；有最棒的親家母在不遠不近的中距離處；還有我愛著和被愛著的親人散居各地；還有時相聚會的幾名閨蜜可以說笑、吐槽、解憂。人生如此，夫復何求。

教養生活0058

愛的排行榜——孩子表情達意的練習

作　者—廖玉蕙
繪　圖—諾諾（封面）、海蒂（封底）
全書照片提供—廖玉蕙
主　編—李麗玲
校　對—沈維君
責任企劃—金多誠
封面暨內頁設計—江孟達
內頁排版—立全電腦印前排版有限公司
總 編 輯—曾文娟
董 事 長—趙政岷
出 版 者—時報文化出版企業股份有限公司
一〇八〇一九 台北市和平西路三段二四〇號七樓
發行專線—（〇二）二三〇六六八四二
讀者服務專線—〇八〇〇二三一七〇五
（〇二）二三〇四七一〇三
讀者服務傳真—（〇二）二三〇四六八五八
郵撥—一九三四四七二四時報文化出版公司
信箱—一〇八九九臺北華江橋郵局第九九信箱
時報悅讀網—http://www.readingtimes.com.tw
時報文化臉書—https://www.facebook.com/readingtimes.fans
法律顧問—理律法律事務所　陳長文律師、李念祖律師
印　刷—勁達印刷有限公司
初版一刷—二〇二〇年四月二十四日
定　價—新台幣三二〇元

時報文化出版公司成立於一九七五年，
一九九九年股票上櫃公開發行，二〇〇八年脫離中時集團非屬旺中，
以「尊重智慧與創意的文化事業」為信念。

愛的排行榜：孩子表情達意的練習 / 廖玉蕙著. -- 初版.
-- 臺北市 : 時報文化, 2020.04
面； 公分
ISBN 978-957-13-8173-2(平裝)

863.55　　109004569

ISBN 978-957-13-8173-2（平裝）
Printed in Taiwan

本書特色

陪伴孩子也要跟上潮流！「好玩阿嬤」廖玉蕙告訴你，可以不完美，但要當一個好玩的人。大人如何透過個人生命經驗的體會，和孩子做深度的交流。

親子關係千絲萬縷，教你如何化干戈為玉帛，跨越過往的慣性應對，運用嶄新的態度積極面對。

打通新手父母、不知如何與孩子互動、家裡的句點王任督二脈的絕世神功。

廖玉蕙
作品

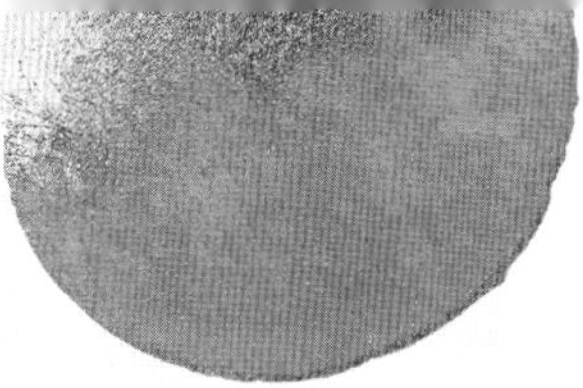

表情達意的訓練如果能打小就開始，
長大了，就省下碰撞成滿頭包的困境。
練習不必刻意挑時間，隨時隨地都是機會。

………………………………………………… 廖玉蕙

本書是廖玉蕙這些年來養兒育女、陪伴孫女的「武功大全」，全書分為「**引導高情商的表達**」、「**人際應對與邏輯能力的培養**」兩輯。從：表達方式、生活態度、邏輯能力培養切入，看似再尋常不過的親子互動、嬤孫鬥嘴，捧腹大笑之餘，轉入篇末的「**延伸思考**」，則提出具體可行的建議，告訴讀者如何透過練習，藉由正面的說話方式，找到與孩子溝通，以及引導他們表情達意的訣竅，每個人都可以成為「一個好玩的人」。

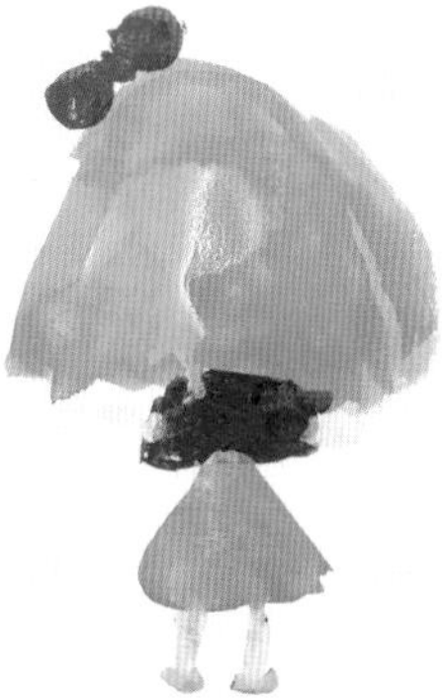

可愛推薦

陪伴孩子長大，如同重新經歷自己的第二次童年。陪伴孫子長大，那又有不同的境界。這本書有一個可愛的阿嬤，跟兩個可愛的天使孩子，在可愛裡沒有年齡的距離，愛的流動超脫了傳統。這可愛的阿嬤有相當的自律與自省，其實這並不容易，因為這意味著這阿嬤不放棄學習，依舊保持謙虛。祝願您，藉著閱讀這本書，能把這個慈愛阿嬤的形象，放進自己的生命裡，滋養自己！

—— **洪仲清** **臨床心理師**

時報悅讀網
ISBN 978-957-13-8173-2（863.55）
CUR0058 NT$320